一方天地

杨镇华 / 著

天津出版传媒集团

天津人民出版社

图书在版编目（CIP）数据

　　一方天地 / 杨镇华著. -- 天津 ： 天津人民出版社，
2025. 5. -- ISBN 978-7-201-21212-8

　　Ⅰ. I267.1

　　中国国家版本馆 CIP 数据核字第 2025WQ8549 号

一方天地

YI FANG TIANDI

出　　　版　天津人民出版社
出 版 人　刘锦泉
地　　　址　天津和平区西康路 35 号康岳大厦
邮政编码　300051
邮购电话　（022）23332469
电子信箱　reader@tjrmcbs.com

书名题写　刘伟（柬埔寨国际书画协会主席）
责任编辑　伍绍东
特约编辑　杨旭玉　李欢欢
特约策划　汪　　鑫
装帧设计　青年作家网

印　　　刷　固安兰星球彩色印刷有限公司
经　　　销　新华书店
开　　　本　787 毫米×1092 毫米　1/16
印　　　张　15.25
字　　　数　186 千字
版次印次　2025 年 5 月第 1 版　2025 年 5 月第 1 次印刷
定　　　价　98.00 元

书香门第，芹泮生香

霸气威武的石狮

从历史深处孕育的力量

方方正正的青石板路

见证历史沧桑感的门墙

雪后的巷道，先人的足迹

眼底乾坤阔，墙头草木青

钟灵毓秀的风水宝地

序

文 / 易喜生

巍巍雪峰山，悠悠沅江水。山水环绕的洪江市，被联合国教科文组织称为"物种变异的天堂""没有被污染的神奇土地"。"世界杂交水稻之父"袁隆平院士从这里走出，以一粒种子改变世界。千年农耕文化的熏陶，铸就了一代代洪江人质朴、勇敢、善良、热情的优秀品质。杨镇华先生正是以"霸得蛮、耐得烦、吃得亏"闻名的洪江人典范。他的这份精神，不仅贯穿于个人创业的拼搏历程，更深植于造福大众的善行初心。

杨镇华，男，汉族，1971年8月出生于湖南省洪江市茅渡乡，现系中国民主促进会会员，洪江市华韵实验学校、洪江市华清高级中学董事长。由于事业成绩卓著、声望日隆，先后被评为洪江市优秀个人、洪江市优秀企业带头人、洪江市十大杰出青年、怀化市优秀校长及优秀教育工作者、湖南省优秀教师，当选为洪江市工商联副主席、怀化市民办教育协会副会长、湖南省民办教育协会常务理事，还被选为民办教育和职业教育专家成员、湖南省民办教育协会副会长、中国民办教育协会常务理事。

对待事业，他"真心"无瑕

"为孩子三十年谋划，不仅是给孩子传授知识，更应点亮孩子的未来，让所有华清学子心中有信念、前进有方向、做人有准则、成才有机遇，是华清高中办人民满意教育的宗旨。"

——摘自杨镇华先生日记

洪江市华清高中自创办以来，在生源基础薄弱的情况下，高考升学率却稳居怀化市高中前列：一本上线率达67%，二本上线率达80%；历届高二学生参加全省学业水平考试，一次性合格率均达100%……这份"低进高出"的答卷，离不开师生们的默默耕耘与挑灯夜读。作为华清高中主要生源输送校的华韵实验学校，成绩同样亮眼：初三年级参加怀化市统一毕业会考，七科中有六科位列洪江市第一。华清高中以卓越的办学成果，创造了怀化市民办教育恢复高考四十余年来的奇迹。

"三个规划"——因材施教：稀泥能上墙，朽木亦可雕

"先查病，后治疗，再进补"是华清教育的制胜箴言。在杨镇华董事长的倡导下，华清高中推行差异化个性教育，让每位学生都能实现成长。学校招收的学生均为重点高中与普通高中录取后的低分考生——重点高中分数线为800分以上，普通高中为700分以上，而华清高中的录取线仅500余分，甚至不乏300分左右的生源。学生入学后，学校通过九科摸底考试为其"把脉问诊"，并针对个体差异制定三大规划：学习提升规划、职业素养规划、高考升学规划。

例如，英语薄弱的学生可改学日语（因日语与汉语相通，更易掌握）；有专业特长的学生采用"文化＋专业"培养模式；文化课优秀者则通过"文理分灶"扬长避短。周同学初中毕业仅200分，家长因羞于面对校方，将学费留于门卫后悄然离去。经一年个性化辅导，周至缘斩获校级二等奖学金6000元，高二学考九科全A，2021年更考入湖南第一师范学院，完成人生逆袭。

"三个策略"——寻求突破：从"管理"迈向"治理"

面对欠发达地区学校普遍存在的师资薄弱、信息滞后、教学手段陈旧等瓶颈，华清高中探索出一条山区教育提质新路。

其一，课堂对标高考。杨镇华要求教师将每个知识点与高考真题对应。寒暑假期间，全校教师集体分析近八年全国高考题，分学科梳理必考、高频、轮考及冷门考点，并研究命题规律，确保教学与高考精准衔接。

其二，人才激励创新。学校独创"人才津贴"制度：教师每周完成一张高考卷，三年累计超一百张。题库涵盖全国真题，每学期组织教师模拟"高考"，80分以上奖励2000元，60分以下无津贴，奖励额度按教师参考比例随时调整。此举以经济杠杆激发教师自主提升，为学生树立榜样。

其三，正向能量育人。华清高中坚持"表扬公开、批评私下"原则：各类会议只表彰先进、宣扬亮点，违规学生通过散步谈心、餐桌交流等方式引导。某高二学生回忆，四人曾因寝室打牌被通报，班主任与教务处主任未批评学生，而是雨中自罚反思教育失职。此后，校园再无类似违纪。此外，学校长期为晚自习学生免费提供"第四餐"（牛奶、水果、面包），杨镇华更亲自为后进生送水端面，以温情激发学生斗志。

"三个妙招"——挖掘潜能：让效益实现"最大化"

华清高中通过三项创新，将教育效益推向极致。

记忆力开发课程：每周一节专业训练课，由专家授课。

便携学习手册：将语文知识点、英语单词等编成口袋书，方便随身携带。

"阅读存折"制度：每日安排五段二十分钟阅读，月均阅读量达80万字。学生记录所读书目、摘录金句并撰写心得，高效阅读显著提升学业水平，夯实人生底蕴。

对待学生，他"真爱"无疆

> "究竟资助了多少名学生，我从来没有统计过，资助的学生姓甚名谁，我也记不得那么多；我对他们进行帮助，只是在他们最困难的时刻，扶他们一把，希望他们长大后有所作为，能回报社会。"

——摘自杨镇华先生日记

"东风洒雨露，会入天地春。"4月18日上午，春雨微濛，洪江市大崇乡盘龙村支部书记陈瑾携乡综治主任易武杰、村妇女主任刘松梅将一面印有"捐资助学，情暖人间"的锦旗送至华清高中董事长杨镇华手中，感谢他对孤儿谢瑟的全额资助。接过锦旗时，在场师生与电视台记者掌声雷动。

　　这面锦旗背后，藏着杨镇华的仁心大爱。据华韵实验学校财务记录：建校七年，累计资助贫困生620余人，金额逾240万元；华清高中办学五年，资助金额超300万元。2007至2015年间，杨镇华创办"爱心食堂"，每年为80～100名贫困生提供免费餐食，折合资助500万元。十余年来，其助学捐款总额已超千万元。

　　杨镇华的助学理念分为三层："扶活"，保障贫困生基本生存权；"扶智"，传授知识技能，阻断贫困代际传递；"扶志"，培育志向，助其成长为贡献社会的栋梁。

　　值得一提的是，杨镇华提出"人人上大学"的愿景：若学生三年未考上，可免学费复读至成功。这份"执念"，恰似雪峰山下的长明

凝神远眺，诗与远方

杨镇华为老家村庄北门撰写的对联

灯，照亮寒门学子的星河远路。

对待家乡，他"真情"无价

> "太山不让土壤，故能成其大；河海不择细流，故能就其深。对于社会而言，凡事无小事，简单并不等同于容易，容易并不意味着没有价值，没有价值也不代表没有意义。不求大富大贵，不求惊天动地，只求尽心尽力回馈社会。仰不愧于天，俯不怍于人。选择适合自己的道路，才是智者。"

——摘自杨镇华日记

青山碧水映初心，锦绣田园踏歌行。乘着怀化市"金三角旅游"的强劲东风，2023年4月22日，由洪江市茅渡乡人民政府主办、洪江市茅渡乡商会承办的洪江市茅渡乡首届传统村落文化旅游节在洒溪古村精彩开幕。来自全国各地的万名游客沉浸式体验了洒溪古村的悠远古韵，共同享受传统文化盛宴，一同展望乡村振兴蓝图。

这次盛会，由杨镇华先生全额出资26万元策划组织。他的初心是通过这次旅游节，让茅渡乡的特色产业名震四方、通达九衢。从效果来看，这次旅游节成果显著——成功招商数家，发展后劲十足。其中，计划投资5000万元的定坡村中药材基地项目，已经签约成功。

杨镇华先生，生于茅渡，长于洒溪，是一位地地道道从农村山区走出来的民营企业家。茅渡乡地处洪江市北部，曾经是怀化市典型的贫困乡。洒溪古村是茅渡乡的一个偏远村落，至今可考的历史已有八百年之久。自2020年谋划成立茅渡乡商会以来，杨镇华先生不仅担任首届商会会长，还广泛动员茅渡乡在外工作的各界人士，支援家乡建设，发展乡村集体经济，使茅渡乡一举脱贫摘帽。

杨镇华先生心系乡村建设，助力乡村振兴，近几年在家乡做了九大善事：

一是捐赠树苗4000棵，价值达88万元。如今，茅渡乡所有村道两旁已全部实现绿化。

二是捐赠90万元，对洒溪古村进行修缮。如今的洒溪古村，青石路板、屋檐翘首、青瓦油壁，古韵悠长。

三是耗资21万元，组织文人雅士编写了《美丽茅渡我的家》一书，讲述茅渡人自己的故事，展现茅渡人风采，传承茅渡人耕读文化，厚植茅渡乡文化底蕴。

四是组建了茅渡乡商会，对茅渡乡产业发展进行指导，开展人居环境整治，为茅渡乡企业融资数百万元。

五是由杨镇华先生出资，建立了茅渡乡助学奖励基金会，并进行跟踪服务，开展关爱行动。对考上本科的学生每人奖励两千元，过年时组织一次会餐，共商茅渡发展大计，并对大学生就业予以指导。

六是由杨镇华先生出资，在每年重阳节举办一次由80岁以上老人参与的百人宴。聚会期间，猜灯谜、搞演唱、写对联、开展棋牌娱乐，内容丰富多彩，形式不拘一格。临走时，每位老人还能领到一个红包和一份礼品，留守老人和空巢老人感受到了党的温暖。

七是由杨镇华先生出资，每年组织乡村丰收杯篮球赛，丰富了乡村文化生活。

八是由杨镇华先生出资16万元，建设了茅渡乡七个村的乡村文化基地。

校园一角

九是利用自己的人脉，为茅渡乡进行招商引资。

此外，杨镇华先生还出资20万元，为印象安江捐赠修建石亭一座，为安江镇捐款20万元。一串串数据，一笔笔捐款，是杨镇华先生对生他养他的一方水土的深情厚谊，更是他真情回馈社会的历史见证。

在杨镇华先生的引领下，经在外打拼的乡贤们共同努力，如今的茅渡乡产业兴旺发达，百姓安居乐业。小小的茅渡集镇，成为农产品的集散地。关冲村的油茶和鱼、定坡村的中药材、颜容村的罗汉果、鸭池村的雷笋、中心村的灰天鹅，以及洒溪的古村游，均已形成产业链，有些产品开始走出亚洲，走向世界。人居环境得到改善，公路建设畅通无阻，一村一品特色更鲜明，乡村文化丰富多彩，关爱机制更加健全，集体经济发展壮大，可谓欣欣向荣，人心振奋。

"不带半颗米来，不带一根草去。我是一位靠着党和国家的好政策先富起来的农民，也是受惠于党和政府政策利好的民营企业家，更愿意将我的一切奉献给需要帮助的人，回馈给生我养我的家乡。善恶往来皆有报，阴阳行上总无差，只要有益于社会，有益于百姓，我将坚定不移、毫不动摇地坚持下去。"杨镇华先生是这样说的，更是这样做的。我们有理由相信，杨镇华先生的"真心、真爱、真情"，一定会光芒照人，激励更多人笃志前行。

老家村居远景

目 录
CONTENTS

141 ──── 伍　润物东风

189 ········ 陆　春风化雨

壹　碧血丹心

光阴如白驹踏雪，流年若飞星掠檐。

三载韶华倏忽而逝，骊歌渐起时，诸生已负青云志。犹记初秋清晨，槐影婆娑间，翩翩少年携朝露希冀而来，襟怀星月朗朗，步履踏碎薄霜。那叠被青春焐热的报名册页，至今仍洇染着墨香与晨光。

当时手捧书笺的稚气眉眼，早已淬出剑锋般的明澈。梧桐道上的晨露足音，实验室里的长明灯火，运动场上的跃动身影，皆化作春溪漫过记忆的卵石，在岁月深处琤琮作响。

满腹诗书追远志，一窗笔墨秀芳华

——2023届高三学生成人礼上的讲话

　　亲爱的同学们，时光如白驹过隙，转眼已到毕业前夕。还记得三年前，你们带着青涩的面庞踏入华清校园，眼中闪烁着星辰般的期待，心中涌动着春潮似的热忱。而今站在这里的你们，已然褪去稚气，眉宇间沉淀着思考的睿智，举手投足彰显着青年的担当。

2023 年成人礼

这三年是淬火成钢的旅程：曾经遇事冲动的少年，如今学会了三思而行；昔日心浮气躁的学子，现在懂得了厚积薄发。课堂上的凝神专注，操场上的挥汗如雨，考场上的笔走龙蛇，都是岁月赠予你们的成长勋章。此刻，我们共同见证的不仅是一场成人仪式，更是破茧成蝶的生命礼赞。

在此，请允许我代表学校：向即将展翅高飞的学子送上"大鹏一日同风起"的祝福；向含辛茹苦的家长、老师致以"谁言寸草心，报得三春晖"的谢意；向支持教育的各界人士表达"化作春泥更护花"的感激。

同学们，成人二字重若千钧。古时男子加冠取字，女子及笄绾发，意味着正式承担家国责任。今天的你们同样需要懂得：十八岁不仅是自主权利的起点，更是独立担当的开始。在此有几句肺腑之言与大家共勉：

第一，要做知恩图报的赤子。请记住食堂阿姨凌晨熬粥的炊烟，班主任深夜批卷的灯光，父母校门口等待的身影。正如苏轼所言"庐山烟雨浙江潮"，最动人的风景往往就在身边。愿你们永葆感恩之心，让这份温暖成为照亮前路的灯盏。

第二，要做自立自强的勇者。从今天起，你们要学会为自己的选择负责。就像沙漠中的胡杨，既要享受阳光的馈赠，也要经得起风沙的考验。希望你们既有"仰天大笑出门去"的豪情，也有"咬定青山不放松"的坚韧。

第三，要做胸怀家国的行者。古人云"风蓬飘尽悲歌气，泥絮沾来薄幸名"，真正的成长在于超越小我。当你们在考场奋笔疾书时，请记得这份答卷不仅为自己而写，更是在回应时代的召唤。愿你们如钱塘江潮，既有奔流入海的志向，也有润泽两岸的胸怀。

最后，请允许我以华清校园的银杏树作比：此刻你们正如满树金黄，即将飘向远方。但请记住，无论飞得多高多远，总有一方沃土珍藏着你们的青葱岁月。愿你们带着"竹杖芒鞋轻胜马"的从容，怀着"也无风雨也无晴"的豁达，在人生长卷上书写属于自己的华章！

祝福全体同学：心之所向，素履以往；生如逆旅，一苇以航！

自律者得自由，自胜者赢人生

——致成长路上的追光者

晨光熹微时草叶上的露珠，暮色四合时天边的流霞，都在无声诉说着天地运行的章法。当我们凝视教室窗台上新抽的绿芽，触摸课本扉页里流转的墨香，便会懂得：真正的成长，是让生命的年轮里刻满自觉的印记，在青春的原野上绽放自律的芬芳。

天地万物皆循其道，人生亦自有圭臬。幼时蹒跚学步，需父母牵引方能行走；少时求知若渴，赖师长指引方明方向。恰如苏格拉底所言："未经省察的人生不值得过。"当我们开始用"六讲六美"雕琢言行，以"四个学会"丈量成长，实则是将外在的规矩化作内心的准绳。那些对"为何要讲普通话""为何要正身姿"的困惑，恰似春蚕破茧时的躁动，终将在破茧成蝶时化作对规则的敬畏。

真正的自律，始于对文明的朝圣。当你在食堂窗口自觉排队，便是在书写"克己复礼"的注脚；当你在走廊轻声慢步，便是在演绎"君子慎独"的深意。古人云："不学礼，无以立。"整理一方书桌，拂拭半窗明净，折叠三更月色，这些细微处的坚持，终将汇聚成照亮未来的星河。正如朱熹所言："涵养须用敬，进学则在致知。"当我们将规范内化为修养，礼仪便会化作流淌在血液里的教养。

践行自律之道，当如精卫填海般执着。每日晨起对镜正衣冠，是镌刻在晨曦里的自省；每夜睡前三省吾身，是沉淀在月光下的修行。在手机游戏与单词背诵间选择后者，在嬉笑打闹与静心阅读间选择后者，这些看似微小的取舍，实则是与惰性较量后获得的勋章。须知"不积跬步'无以至千里"，今日你对抗拖延的每个瞬间，都在为明日的高度奠基。

自律者的行囊里永远装着三面明镜：以铜为镜，可正衣冠；以史为镜，可知兴替；以心为镜，可明得失。当我们懂得在喧闹中守护专注，在诱惑前保持清醒，那些曾经束缚我们的规则，终将化作托举梦想的云梯。就像校园里那株百年银杏，正因懂得遵循四季更迭的规律，才能在秋日献出满地金黄。

同学们，当你们在跑道上挥汗如雨时，请记住：最曼妙的风景，是战胜惰性后畅快的呼吸；当你们在考场上奋笔疾书时，请相信：最珍贵的勋章，是超越自我后会心的微笑。愿我们都能成为自己的摆渡人，以自觉为楫，以自律为帆，在青春的长河里驶向理想的彼岸。因为终有一天你会懂得：那些严于律己的时光，终将还你海阔天空的自由。

自尊自爱，自强自立

时光如白驹过隙，一周光阴转瞬即逝，我们又将开启新的征程。伫立在光阴的渡口回望，那些被知识浸润的晨昏，是否都化作滋养心灵的雨露？

春华秋实乃天地之韵律，万物之恒常。青衿学子于岁月流转间求知若渴，却仍有迷途之人困守旧日藩篱，把"向来如此"当作停滞不前的护身符。当晨钟暮鼓日日相似，当学问精进如雾里看花，诸君可曾叩问心扉：究竟是光阴负我，还是我负韶华？

那些囿于既往经验的少年，恰似蒙眼行路之人。他们或以自我感受为圭臬，或奉陈旧认知为准则，在日新月异的时代浪潮中固守孤岛。今日愿与诸君共剖心迹，探寻"认识自我"的密钥，以期为迷途者点亮那盏心灯。

生命的三原色：亲切、自豪与新鲜

求知若渴者说：读书万卷胜春风拂面。

困顿迷茫者叹：此身如在樊笼中。

尤记某学子周记字字泣血：十八载春秋，半付懵懂，半付酣眠。

余下三载寒窗，却沉溺于网络游戏构筑的虚拟世界。每念及成家立业之责，惶惶不可终日。至理名言皆懂，躬行何其难也！

字里行间不见少年意气，唯余暮气沉沉。这般心境，恰似春苗未发先萎，令人扼腕。诸君当谨记：心灵若成荒漠，便易滋生恶之花——昔年马加爵之痛，当为后世长鸣警钟。

幸福之真谛，恰似三棱镜折射的七彩光芒。亲切如慈母手中线，自豪若登顶揽众山，新鲜似初阳破晓雾。三者交融，方成完整人生图景。正如马斯洛所言：人性存双轨，一者若鲲鹏展翅推人前行，一者如春藤缠树曳人后退。

家之温暖，既可化作游子远行的行囊，亦能沦为束缚羽翼的茧房。当亲情的牵绊化作前行的桎梏，当舒适区的温柔消磨进取的锐气，诸君当以慧剑斩情丝，须知温室之花终难经风雨。

心灵的三重奏：本我、超我与真我

让我们将目光投向更深的心理层面，探析人类行为决策的三重维度：

童稚之我如璞玉，喜怒哀乐皆形于色，行事全凭赤子心肠。权威之我若悬顶之剑，将师长教诲镌刻骨髓，循规蹈矩不逾矩。而理智之我则是掌舵的舟子，在现实风浪中审时度势，破浪前行。

试以月用二百钱为例：童稚之我或纵情享乐，超我则克己复礼，而真我必权衡利弊，在理想与现实间寻得黄金分割。此三种心性如三色丝线，交织成人生锦绣。

破茧之道：九重迷障与三重觉醒

观今之学子，常有九弊缠身：

一曰识见偏狭，二曰认知残缺，三曰耽于逸乐，四曰仰人鼻息，五曰志节不坚，六曰意气用事，七曰我行我素，八曰茫无头绪，九曰精神荒芜。

欲破此困局，当以三昧真火炼心：

首立天地正道，铸就精神脊梁；

次修磐石之志，笑对雨打风吹；

终成独立人格，如孤松立危崖。

诸君须知：每个人都是造物主未完成的诗篇。师长眼中，你们是晨星璀璨，各具华彩。当你们洞悉心灵秘境，便如同掌握开启宝库的密钥。今日埋首书案的青涩身影，或许就是明日改变世界的巨擘。

且看古今成大事者，莫不是在认识自我中涅槃重生。愿诸君常怀赤子之心，永葆进取之志，在自尊自爱的基石上，构筑自强自立的精神大厦。须知人生画卷的笔墨，终究要由自己挥洒；命运交响的乐章，必须用双手谱写。待到云开月明时，方知今日磨砺皆是登天之梯。

稻穗垂哀思，丰碑铸忠魂

素菊凝霜寄哀思，丰碑寂寂立春寒。时近清明，雨意初敛。4月2日辰时，在洪江市团市委、市文明办指导下，洪江市华清高级中学联合安江公益协会，于安江农校纪念园举行"缅怀功勋续薪火，赓续精神启新程"清明祭扫仪典。

青禾含悲承遗志，松涛低咽忆故人。安江农校纪念园内松柏垂露，晨雾未晞。九时许，各界人士肃立于袁隆平院士汉白玉像前。这座凝结着"愿天下人皆得饱"宏愿的雕像，以稻穗为笔，在阡陌间书写济世文章，此刻更显庄严肃穆。

"我们立于袁公躬耕卅七载的沃野，当以稻浪翻涌之势接续其志。"廖早红致辞时，追忆袁隆平院士在安江农校的科研岁月。其声沉郁顿挫，如深潭投石："要将他的'禾下乘凉梦'化作建设现代化新洪江的实干篇章，以稻菽千重浪献礼党的二十大。"哀乐低徊处，四名华清学子抬素绢花篮拾阶而上。缎带上"功勋永驻"四字浸染朝露，恰似苍生泪痕。众人依次绕碑献菊，青石阶上渐次铺就金色花径。有老农将新收稻穗轻放碑前，谷粒与大理石撞击的脆响，恍若天地共鸣。

2024 年缅怀袁隆平活动

　　"掌心摩挲过饱满稻穗，耳畔似闻袁公絮语。"团员代表周子涵捧稻穗发言，晨风拂动她胸前的团徽，"我们要做扎根大地的种子，在乡村振兴的土壤里拔节生长"。其声清越，惊起数只白鹭，掠过纪念园内袁公手植的试验稻田。祭扫人群中有银发教授轻拭眼镜，有稚子踮脚献花，更多年轻面孔在功勋墙前驻足抄录。春阳破云时，那些深埋沃土的种子，终将在春风里破土成林。

青春淬火处，星霜照汗青

"少年不砺剑，白首空悲鸣。"高中三载，看似如白驹过隙般转瞬即逝，实则拥有重塑人生气象的磅礴力量。这三年，是汲取知识的黄金韶光，更是淬炼品格的熊熊熔炉。当你们在熹微晨光中，轻声诵读经典，古韵在唇齿间流淌；暮色四合时，潜心演算习题，思绪在数字与符号间穿梭。于此过程中，智识的疆界仿若春日原野，悄然间不断拓展；心灵的沃土恰似被精心耕耘的田园，愈发肥沃丰饶。师长们满含殷切期盼，盼望着你们走出校门之时，能成长为兼具家国情怀与全球视野的时代新青年，在时代的舞台上熠熠生辉。

《礼记》有云："玉不琢，不成器。"课堂之上，你们当如春蚕咀嚼桑叶，细品知识的精髓，不放过任何一丝养分；自习之时，须似秋日鸿雁踏过雪地，在思维的天地里深烙下独属于自己的印记。那些与三角函数苦苦周旋的夜晚，万籁俱寂，唯有笔下沙沙作响；同化学反应奋力较劲的午后，日光炽热，思绪却在奇妙的物质变化中畅游。这些时光，都将慢慢沉淀，成为未来乘风破浪的坚固舟楫。要知道，考场犹如战场，解题恰似用兵。唯有把"钻劲"化作匡衡凿壁偷光的坚定志向，将"挤劲"凝为李白铁杵磨针的坚韧功夫，方能在高考的沙场上披坚执锐，所向披靡。

修身之道，贵在知行合一。于走廊间，偶遇师长，应恭恭敬敬地执后辈之礼，一声问候，尽显谦逊；在食堂里，接过餐盘，需满怀感恩之心，珍惜每一粒粮食。升旗仪式上，仰望猎猎红旗，风中似乎还裹挟着先烈们的碧血，当铭记历史，缅怀先烈；主题班会中，谈及当下时政，要心怀忧患意识，关注国家与世界的风云变幻。学生会干部更要以身作则，将服务意识化作春风，无声地滋润每一位同学的心田；让责任担当凝为金石之声，坚定有力，引领校园风尚。

体育场上，跃动着的矫健身影，是青春活力的蓬勃展现；艺术节中，绽放出的无限才情，是灵魂深处的光芒闪耀。这些，都是青春最美的注脚。劳动实践时，沾满泥土的双手，见证着辛勤与付出；志愿服务中，浸透汗水的衣襟，记录着奉献与担当。这些皆是成长路上最耀眼的勋章。要明白，健全的体魄与丰盈的灵魂，恰如鲲鹏的两只翅膀，相辅相成，缺一不可，助力你们翱翔于广阔天地。

当下，某些同窗稍显浮躁，"躺平"之念时有萌发。然而，纵观古今成就大事之人，哪一个不是历经风霜雨雪的洗礼。王羲之常年临池练字，将一池水染尽墨色，方才成就《兰亭集序》这一绝唱；徐霞客一路筚路蓝缕，风餐露宿，最终写成地理宏篇。希望诸君拥有"板凳要坐十年冷"的定力，在浩渺题海中淘洗出真金，于困惑迷茫处洞见曙光。

高考倒计时的沙漏已然开启，这最后冲刺的时光，恰似宝剑淬火的关键瞬间。当你们在深夜，与闪烁的星辰对话，在黎明，同喷薄的曙光赛跑，那些密密麻麻凝结着汗水的演算纸，终将化作通向理想彼岸的坚固舟楫。请铭记：今日挥洒的每一滴汗水，都将是未来星河里熠熠闪耀的星辰；此刻积蓄的每一分力量，必定成为明日登临绝顶的坚实阶梯。

当你们跨出校门之际，愿这段淬火岁月铸就的品格与智慧，化作振翅九天的如云船帆，在时代的沧海中乘风破浪。青春的华丽篇章，正等待诸君以奋斗为笔，以汗水为墨，在人生的洁白素笺上，尽情书写属于Z世代的璀璨诗行！

鸿鹄振翼时，春潮启新章

　　雪融之际，沅江泛起崭新的碧绿，那抹澄澈的新碧宛如大自然馈赠的美玉，在阳光下闪烁着灵动的光泽；风拂之时，雪峰从沉睡中苏醒，翠微之色渐染山峦，仿佛一幅徐徐展开的水墨画。当第一缕晨光，温柔地漫过教学楼的廊檐，恰似金色的纱幔轻披其上，我们一同缓缓展开那卷名为"华清2023"的墨香四溢的长卷。寒假里萦绕在鼻尖的团圆饭香，仿若还在空气中悠悠飘荡；积攒在心底的故园絮语，如同轻柔的丝线，此刻，它们皆幻化成砚中清水，正静静等待你我挥毫泼墨，书写新篇。

　　请允许我怀揣着拳拳赤诚之心，向那些夙兴夜寐、辛勤耕耘的园丁们致以最崇高的敬意——愿那三尺讲台，四季常沐春风，满是温暖与希望；愿您的两袖清风间，永远留存着欣慰笑颜。同时，也向笃志好学、勤勉奋进的少年们送上最真挚的祝福——愿你们在书山的漫漫跋涉中，终能拨云见日，得见那壮丽云海；愿在学海的悠悠泛舟里，必定抵达那浩瀚星汉，寻得属于自己的璀璨。

　　回首壬寅岁月，我们在时光那洁白无瑕的宣纸上，郑重地写下六枚熠熠生辉的勋章：高考升学率如冲破云层的朝阳，光芒耀眼；安全文明校园的美誉，传遍五溪大地，人人赞誉有加；省级评估中，我们凭借扎实的实力，斩获优异佳绩；艺术赛场之上，健儿们犹如摘星之人，蟾宫折桂，尽显风采；教师素养提升成效显著，跻身十强之列，彰显卓越；综合考评中，更是独占鳌头，摘得魁首之冠。这些用辛勤汗水浇铸而成的无上荣光，无疑是对"惟实励新"校训最生动、最鲜活的诠释，也为雪峰山麓这颗璀璨的教育明珠，增添了更为绚烂夺目的光芒。

展望癸卯征途，我愿与诸君一同共勉，追求以下五重境界：

其一，精心描好第一笔墨痕。古人云"慎始敬终"，开学首周，恰似棋局的第一步落子，需深思熟虑、谋定而后动。在此，建议诸位同学备好三色笔：朱笔，用以勾勒知识脉络，让重点内容如明亮的脉

校园春季樱花

络般清晰呈现；墨笔，记录下思维碰撞出的绚丽火花，让那些转瞬即逝的灵感得以留存；蓝笔，则标注出存疑之处，以便日后深入探究。要知道，治学如同筑高台，若筑基不牢固，高楼便极易倾塌。

其二，立定心中北斗星。面对函数那如茂密丛林般复杂难解，古文似幽深潭水般晦涩难懂的知识难题，当怀有"虽千万人吾往矣"的气魄。建议每日晨读之时，虔诚默念三遍王阳明的箴言："志不立，天下无可成之事。"让自信如同沅江那滔滔不绝的江水，既润泽我们的心田，滋养心灵的种子；更一路奔腾，通达江海，驶向广阔的天地。

其三，用心织就自律金缕衣。见到师长，主动送上温暖的问候，简单的话语里有尊敬；路遇纸屑，俯身轻轻拾起，细微的举动尽显修养的真章。建议诸君随身携带一本"三省册"：清晨，自省今日规划是否合理、完备；中午，反思言行举止间的得与失；傍晚，回顾学业上是否有所精进。要明白，慎独的功夫，恰似春苗在静谧的夜晚，默默生长，日积月累，终成参天之势。

其四，携手共绘文明水墨卷。教学楼前那历经百年风雨的香樟，宛如一位沧桑而睿智的长者，静静守护着校园；体育场边的晚樱小道，每至花期，落英缤纷，仿若梦幻的诗行。这些皆是校园给予我们的珍贵馈赠。建议成立"护绿志愿队"，让捡纸屑的动作，成为指尖上灵动的芭蕾；让劝诫陋习的话语，化作充满善意的轻声提醒。要知道，美育并非仅仅局限于课堂之上，更体现在我们生活的举手投足之间，细微处有美的真谛。

其五，深种书香智慧树。本学期，学校将设立"酉时书房"，每周二、周四的黄昏时分，向大家开放万卷书籍。建议诸位同学制定"阅读攀登计划"：高一年级，力求阅读破百册，广泛涉猎，拓宽视野；高二年级，深入涉猎百家学说，博采众长；高三年级，则专攻经典著作，汲取深厚的文化养分。让《物种起源》与《赤壁赋》跨越时空，展开一场奇妙的对话；让爱因斯坦与苏东坡，在月光下举杯共酌，碰撞出思想的火花。

教师们，让我们以星火燎原的磅礴之势，革新课堂教学。把理化实验变成神奇的魔法秀场，让学生们在惊叹中探索科学的奥秘；将文史课堂化作奇妙的穿越之旅，带领学生们领略古今的风云变幻。用"三更灯火"的执着，精心打磨每一份教案；以"五更鸡鸣"的勤勉，悉心滋养每一株新苗。让每一节课，都成为学生们记忆中值得永久收藏的时光标本。

同学们，请看教学楼前那株百年银杏——去岁飘落的每一片黄叶，都在默默滋养着今春萌发的新芽。当你们在实验室专注地观测细胞分裂，见证生命的奇妙进程；在操场认真地测量抛物线轨迹，探索物理的奥秘；在礼堂激情地排演《少年中国说》，抒发青春的豪情壮志，你们都是在为自己的人生年轮，增添一圈圈金色的刻度，书写属于自己的精彩篇章。

此刻，春风正轻轻翻动起崭新的书页。让我们以晨读声作为激昂的战鼓，以演算纸当作飘扬的旌旗，在雪峰山麓这片充满希望的土地上，奋力书写属于Z世代的青春史诗。愿岁末回首之时，我们都能骄傲地宣告：这一年，我们让理想的种子抽穗拔节，让智慧的果实灌浆饱满，让青春在不懈的奋斗中，如繁花般粲然绽放！

最后，请允许我以三声钟鸣，寄托深深的期望：

一鸣启智——愿师者的教育恩泽，如潺潺溪流，源远流长！

二鸣明德——愿学子们的前程，如大鹏展翅，鹏程万里！

三鸣报春——愿华清的辉煌，如春日繁花，永驻人间！

涵育修身之道，铸就育人华章

　　时维九月，序属三秋。教师节与校庆的喜庆氛围交织弥漫，开学典礼的钟声悠悠地在校园上空回荡，仿若一曲悠扬的乐章，而那琅琅书声，已伴随着熹微晨光，如潺潺溪流般在校园中流淌开来。自诸君

校园一角

踏入黔城校区，心中那青衿之志，恰似春笋在春日里奋力破土，蓬勃生长；璞玉般的身姿，也已悄然初绽光华。

此地，虽不及城市中广厦连云的壮阔宏伟，亦缺少深山古木参天的清幽深邃，然而，那红墙碧瓦，宛如一幅丹青画卷，在岁月的流转中散发着古朴韵味；四季更迭，芳菲满园，绘就着校园诗意。清晨与黄昏，日光在回廊曲径间温柔流转，书声如灵动的音符，浸润着那质朴的木舍。师长们以慈严并济的目光，长久地守望在这里，宛如至亲之人。如此一方芝兰之地，涵养着君子之气，滋养着学子之心。

今以四端立论，愿与诸君共勉，共同踏上这修身育人的美好征程。

参悟三化育人，淬炼君子风骨

《孟子》有云："天将降大任于是人也，必先苦其心志。"我校所推行的三化管理，恰是诸君立身于世的坚实砥石。纪律军事化，仿若青铜在熊熊烈火中经受淬炼，于令行禁止间，锻造出铮铮铁骨，培养出坚韧不拔之志；效率公司化，似庖丁解牛般游刃有余，在有条不紊的行事中，尽显精益求精的匠人精神；友情家庭化，如春日暖阳融化积雪，在彼此的守望相助里，深蕴仁者的广阔襟怀。

暑期军训时，那晨钟暮鼓般的教化声声，无不是在促使诸生如《诗经》所言"如切如磋，如琢如磨"，历经重重打磨，最终成为国之瑚琏，栋梁之材。

恪守行止规范，涵泳文明馨香

《礼记》载："君子慎独，不欺暗室。"诸生当以"十目所视，十手所指"自警自省，时刻规范自身言行。且看振华六诫，如熠熠星辰，照亮我们的行为准则：

其一，"闻鸡起舞当勤勉，星落灯熄须守静。"清晨，晨练的队伍排列整齐，仿若雁阵横空，气势不凡；同学们军姿挺拔，恰似青松傲立雪中，坚韧不拔。曾有学子因迟到误点，接受俯撑之训，次日清晨，竟见其于熹微晨光中独自默立自省，这般严于律己的功夫，正是振华风骨的生动体现。

其二，"陋室明德映乾坤，方寸之间见精神。"即便居于狭小的三叠之榻，然而被褥叠放得整整齐齐，仿若刀削斧劈般利落；什物摆放得井然有序，如同严阵以待的阵列。丁市长曾目睹，抚掌而叹："此间学子慕道而来，岂是为了那华丽的屋舍与宽敞的宅邸？"诚然如此，真正的追求，在于内心的充盈与精神的富足。

其三，"子夜星河伴清梦，六时吉祥枕乃智识沃土。"就寝铃响，便应即刻止语，进入梦乡。要知道，少年人正如春日里刚刚萌发的幼苗，茁壮成长全赖夜晚的静谧与滋养，良好的睡眠，是孕育智慧的肥沃土壤。

其四，"一屋不扫何以扫天下？"往昔，曾有同窗因疏于盥洗，致使满室弥漫难闻的气味，仿若置身于鲍鱼之肆。如今，立下"三管四躬六俭"之法：管口，杜绝秽语出口，洁具专用，就像鸿雁各饮其水，互不干扰；管手，不让墨痕沾染，爱护草木，犹如拈花的菩萨，心怀慈悲；管足，保持墙壁洁净如新，让厕所也散发芬芳，仿若兰室清幽。四度折腰，俯身拾起地上杂物；六事节俭，培养高尚品德，这些看似细微之事，其实尽显修养真章。

其五，"礼仪之道在躬行，《振华仪范》字字如璎珞。"每周四申时的礼仪课，不仅为习得揖让进退的外在礼仪，更应当涵养"望之俨然，即之也温"的君子之风，从内而外散发优雅与从容。

其六，"安危之戒常悬心，须知少年身如玉在璞。"攀爬栏杆，如临万丈深渊，危险重重；戏水玩耍，似如履薄冰，步步惊心。钱财虽小，当谨慎守护，不可疏忽大意。

恪守勤俭之道，体悟民生多艰

勤俭，是中华民族的传统美德，亦是我们应当秉持的生活态度。一则，校园内部银行统管用度，让钱财的流转如同浩瀚太空中星辰的运行轨迹，有条不紊；二则，量入为出，每月略有结余，方显持家理财的智慧；三则，常思父母劳作的艰辛，半丝半缕，皆浸透他们的血汗。往昔，范仲淹断齑画粥，终成一代名臣；欧阳修以芦荻作笔，刻苦学习，最终成为文学大家。诸生当以俭养廉，以勤补拙，在勤俭中磨砺自己的品格。

未雨绸缪之智，尽显君子担当

参保之事，并非琐碎小事。一则，要明白风险如影随形，时刻潜藏在我们身边，智者当未雨绸缪，筑起防范的堤坝；二则，知晓未参保的危害，甚于河道堵塞带来的隐患；三则，力求班级全员参保，这不仅是对自身的保护，更是成全同侪之义。这并非严苛要求，实则是"爱人者，人恒爱之"的仁者之道，体现着我们对他人的关怀与责任。

今以七律结篇，愿振华之风，如春风永驻校园：

振衣千仞启新章，三化熔炉淬剑芒。

陋室窗明知礼仪，寒床被整见肝肠。

持勤克俭思鸿鹄，参保绸缪护栋梁。

最是书香能致远，红墙碧瓦育琳琅。

愿诸君以此为契机，携手共进，共同描绘振华盛景，在这方充满希望的校园，书写属于自己的精彩篇章。

贰　肩荷使命

　　曾记得，踏入军营的第一堂课，我们的军训教官说：革命军人的青春年华，忠诚卫士的峥嵘岁月，是绿色的。

　　因为军装是绿色的，更因为军人也和覆盖大地的橄榄绿一样，是生命的保护者，是幸福的守护神。

　　正因有绿色军营如巍峨山峦般的守护，那圣洁的白色和平鸽方能在澄澈蓝天中舒展羽翼，自在翱翔；正因有绿色军营似坚实护盾般的守护，全国各族人民的面庞上，笑容才会如春日繁花，愈发灿烂夺目。

绿色军营，青春熔炉

——兼寄振华新学子军训

在庄重而热烈的氛围中，振华新学子的军训大会盛大启幕。我谨代表集团董事会，向洪江市武警中队全体官兵致以最热烈的欢迎与最诚挚的感谢，是你们长久以来鼎力支持学校的发展；向为军训辛勤操劳的老师们，以及积极投身训练的同学们，送上亲切的慰问与美好的祝愿。

此刻，目睹眼前的一切，往昔如潮水般涌上心头。那时的我，怀揣着对军营炽热的向往，毅然告别母亲温暖的怀抱，挥别家乡温馨的港湾。脸上稚气未脱，沐浴着金灿灿的阳光，胸前佩戴着明艳的红花，在锣鼓喧天、鞭炮齐鸣与声声叮咛交织而成的动人乐章里，将青春豪情满满地打进背囊，裹进那象征使命的草绿色军装，迈着坚定有力的步伐，踏入了那充满热血与激情的绿色军营。自那以后，我便将美好的青春毫无保留地奉献给了那片绿色的天地……

犹记入伍后的第一堂课，教官的话语如洪钟般在耳畔回响："革命军人的青春岁月，忠诚卫士的峥嵘时光，皆是绿色铸就。那是因为军装的颜色，更是因为军人恰似广袤大地上葱郁的橄榄绿，是生命无畏的守护者，是幸福虔诚的庇佑者。"正因为有绿色军营如巍峨高山般的坚实守护，圣洁的白色和平鸽方能在湛蓝天空中自由舒展羽翼，振翅翱翔；正因为有绿色军营似坚固盾牌般的全力守护，祖国各族人民的笑容才会如同春日繁花般愈发灿烂夺目。

新兵连训练的艰苦与紧张，至今仍深深烙印在我的记忆深处。那时，浓浓的乡思如影随形，新兵的生活虽艰苦，却成为我人生中最难以磨灭的回忆。在新兵连，我深刻地意识到，要从一名普通青年成长为合格的革命军人，必须付出无数的心血与汗水。站军姿、走齐步、踢正步、喊口令、越障碍、爬高山、练刺杀……日复一日，重复着这些看似枯燥乏味的训练任务。风里来，雨里去，无论是严寒酷暑，还

2022 年新生军训

是冰天雪地，我们都在摸爬滚打中锤炼自己。在冰天雪地中，我们不畏严寒，坚持体能训练，直至汗水湿透衣衫，浑身热气腾腾，就像刚从热水中沐浴而出；面对风雪交加的恶劣天气，我们专注于队列动作的练习，不知不觉间，两鬓已被雪花染白，恰似武侠小说中的"白眉大侠"。政治教育课上，困意不时袭来，我们却像大庆油田中忙碌的"磕头机"，频频点头，仿佛在回应指导员："讲得真好，我们都认同。"夜晚，本想在睡梦中重回母亲温暖的怀抱，可紧绷的神经却丝毫不敢放松，因为不知何时，一阵急促的哨声便会骤然打破寂静的夜空。紧接着，便是一阵手忙脚乱，有人拿错棉鞋、系错腰带，有人背包只打了一半，挎包、水壶和洗漱用品散落一地。更糟糕的是，还得背着沉重的背包绕操场跑上一圈，让本就狼狈不堪的新兵们愈发窘迫，这便是令人胆战心惊的"紧急集合"。

部队的生活漫长而紧张，训练场上，我们摸爬滚打，练就过硬本领；队列场上，我们军姿严整，展现军人风采；打靶场上，我们苦练枪法，力求百发百中；俱乐部里，我们认真学习政治理论，一丝不苟。军营的每一个角落，都深深印刻着新兵们奋斗的足迹。在那段日子里，每周四晚上写家信成了我们唯一的精神寄托，到了周末，才有时间处理"个人事务"。我们借来老兵的军帽，端端正正地戴在头上，尽管表情因过于认真而略显僵硬，军姿也并非十分标准，但心中却满是骄傲。底片一洗就是几十张，我们将这些照片连同一封封家书，如天女散花般寄向远方的家人和亲友，倾诉心中的思念。每次写信，总有说不完的话：部队领导的关怀、南方并不寒冷的天气、已经完全适应的生活、自己长高长胖的消息……全是那些能让家人安心的话语，只为不让远方的亲人担忧牵挂。其实，新兵连的苦与累，大家都心知肚明，正所谓"流血流汗不流泪，掉皮掉肉不掉队"。每次写信时，泪水总会不自觉地从脸颊滑落。我们郑重其事地将信交到连队通信员手中，临走前不忘再三叮嘱："一定要今天寄走。"然后，满心期待地跑回训练场，远眺故乡的方向，盼望着家书能跨越千山万水，早日飞进军营，送到我们手中。唉，真是"烽火连三月，家书抵万金"啊！

第一次写家信时，泪水难以抑制；第一次拿起电话时，激动的抽噎无法停止；第一次受表扬时，心中的喜悦难以掩饰；第一次过生日时，内心的感动无法言表……就这样，军旅生涯在不知不觉中悄然流逝。火热的军营生活，磨炼了我们的意志，净化了我们的灵魂，更让我们深刻领悟了人生的价值。当我们以捍卫者的视角，领略山川的雄伟、明月的俊逸时，便渴望将军人的诗篇书写得更加深沉，期望将青春的热血融入大地的一草一木。

亲爱的同学们，今日对你们开展集中军事技能训练和军事理论课教学，是一项极具战略意义的英明决策。它既体现了人才培养与国防后备力量建设的和谐统一，有助于增强你们的国防观念，培养基本军事技能，又能有力地推动你们综合素质的全面提升。

从法律依据来看，我国多部法律明确规定，学生在校期间需接受军事训练、接受国防教育，这是法律赋予大家的神圣义务。学生作为国家未来的栋梁，是国防建设的重要后备力量，理应担起这一责任。

从世界范围来看，世界各国均高度重视学生军训工作，将其视为加强国防建设的关键举措。军事课不仅是大、中院校学生履行义务的一种形式，是接受军事训练的重要组成部分，更是国家法律和政策规定的大、中院校学生的一门必修课。

从时代发展的角度而言，开设军事课程是时代的迫切需求。历史经验深刻告诫我们："国无防不立，民无兵不安。"因此，必须大力加强全民国防教育，增强国防观念。近代中国那充满血泪的屈辱史，中国人民刻骨铭心，永志难忘。一个国家唯有具备强大的经济实力和坚实的国防力量，方能在世界民族之林站稳脚跟。20世纪90年代初，随着苏联解体，苏美争霸的冷战局面宣告结束。然而，我们必须清醒地认识到，霸权主义和强权政治依然存在，局部战争、地区冲突时有发生，世界并不太平。当代大、中院校的学生，肩负着21世纪复兴中华民族的历史重任，任重而道远。

从学生的爱国意识和个人素质方面来看，军事课程是中等教育的重要构成部分，具有其他学科和教育方式无法替代的综合素质培养与教育功能。其一，军事技能训练与军事化管理，让学生在紧张而规律的军营生活中，在艰苦而严格的技能训练里，磨炼了意志，锻炼了体能，增强了体质，培养了顽强的作风。其二，通过接受严格的三大条令教育，学生在耳濡目染、切身体验中，自觉接受中国人民解放军的革命英雄主义、集体主义以及不怕困难、勇于吃苦的精神熏陶。其三，在解放军教官以身作则、言传身教的影响下，学生在政治素质、思想作风、身心素质等方面均能得到显著提升，有助于树立革命的人生观和乐于奉献的价值观，堪称思想道德教育的全新课堂。其四，军训能够促进非智力因素的培养，使学生以健康的体魄、充沛的精力投入到科学文化学习中，进而推动智育水平的提高。

在此，我也诚挚地恳请承训的官兵们，能够以高标准、严要求，将人民军队的光荣传统和优良作风带到学校，传递给同学们，为他们在校期间的有序生活以及今后投身祖国建设奠定坚实基础。我殷切期望，在全体教官的严格训练下，在全体老师的耐心指导下，在全体同学的刻苦努力下，2010年新生秋季军训能够取得圆满成功。祝愿全体承训官兵在校工作期间诸事顺遂，心情愉悦！

现在，我郑重宣布，2010年秋季新生军训正式拉开帷幕！

百年薪火传赤子，青春逐浪立潮头

　　"我们是五月的花海，用青春拥抱时代；我们是初升的太阳，用生命点燃未来……"每当《光荣啊，中国共青团》那激昂的旋律在耳畔悠悠响起，胸腔里便似有炽热的潮汐汹涌奔腾，就像能看见百年之前，那支高举着火炬的青年队伍，迎着五月的轻柔春风，坚定地朝我们走来。这支满含着共产主义理想的青春之歌，不仅陪伴着几代人度过了那段青涩而美好的青葱岁月，更在漫漫的历史长河之中，淬炼出熠熠生辉、永恒不朽的光彩。

2022 年第五届秋季运动会

　　当建党百年的光辉与五四精神激情碰撞，神州大地的每一寸土地上，都热烈地绽放着青春的无限热望。青年们，有的在党史馆内，满怀崇敬地追寻先辈们的奋斗足迹；有的于学术论坛上，尽情激扬着思想的璀璨火花。然而，若要细细探究五四精神的真正内涵与传承之法，多数人仍犹隔着一层薄雾，看得不甚真切。这团熊熊燃烧了百余年的精神之火，绝非由简单的口号随意堆砌，更不是刻板生硬的教条框架，而是需要我们在错综复杂的历史经纬之中，耐心梳理、精心解读的文明密码。

　　轻轻掀开历史的重重帷幕，我们会惊觉，五四精神宛如一颗多棱的璀璨水晶，在不同的视角下，折射出夺目光芒——有人从中看到它蕴含的家国情怀，恰似燃烧的赤焰，炽热而浓烈；有人将民主科学视作圭臬，奉为前行的准则；有人把革新求变当作筋骨，支撑起奋进的姿态；更有人将思想解放作为精魂，引领着前行的方向。实则，这些特质就如同一条条奔腾的江河支流，最终都将浩浩荡荡地汇入民族复兴的浩瀚海洋。若以史家那深邃、睿智的眼光来看，爱国热忱是奔涌不息的源泉，民主科学是稳固可靠的基石，而锐意革新则是通往理想彼岸的坚固舟楫。当理性精神与个性解放的星星之火，悄然照亮了蒙昧的夜空；当破旧立新的滚滚惊雷，轰然唤醒了沉睡的大地，一个古老而伟大的民族，终于如凤凰涅槃，寻得了通往现代文明的密钥。

　　百年时光，风云激荡，这簇珍贵的精神之火，在岁月的传承中不断淬炼、升华。巴黎和会外交受挫时，青年们振臂高呼的呐喊声；戈壁滩上，震惊世界的蘑菇云壮丽绽放；真理标准大讨论时，思想领域的破冰之举；天宫揽月展现出的科技腾飞奇迹……五四精神始终如同一座矗立在暗夜中的明亮灯塔，指引着中国青年在时代的汹涌浪潮里，不断校准着前行的航向。如今，我们正站在两个百年的重要历史交汇点上，这份珍贵的精神遗产，更需要我们为其注入全新的时代注解——它应当是开放包容、海纳百川的广阔胸襟，而非狭隘、偏激的民族主义；是脚踏实地、辛勤耕耘的默默付出，而非虚妄、空洞的激情呐喊；是与世界平等对话的智慧谋略，而非固步自封、盲目自大的傲慢姿态。

放眼今日的神州大地，航母犁开深蓝的波涛，在浩瀚的海洋中彰显大国实力；北斗织就天网经纬，于广袤的苍穹下闪耀科技之光；青年创客们编写的代码，正在悄然改写着未来的绚丽图景。然而，物质的丰裕不应成为我们精神懈怠的温床，和平的岁月更需要我们时刻保持居安思危的清醒头脑。当某些青年沉迷于"躺平"带来的虚无感，当消费主义如暗流般悄然侵蚀着理想的璀璨星空，重新追溯五四精神，恰似一剂振聋发聩的醒世良方。它时刻告诫着我们：真正的爱国，并非在社交媒体上喧嚣地表态，而是将个人的理想信念，深深熔铸于民族伟业之中；真正的进步，不是盲目地效仿他人，而是在坚守正道、勇于创新的道路上，坚定地走出属于中国的特色之路。

站在新时代的崭新门槛前，青年应当以智慧为舟楫，以担当为船帆。在实验室里，专注破译生命密码，是对五四精神的传承；在扶贫一线，认真地丈量土地温度，同样是传承；用精妙的算法重塑城市的发展脉搏，是传承；以饱含深情的笔墨守护文化的根脉，亦是传承。当我们以全球视野，审视不同文明之间的交流对话；用法治思维，构建和谐有序的社会秩序；将创新的意识活力，注入传统产业的发展之中，五四精神便在新的历史维度下，焕发出鲜活、蓬勃的生命力。这要求我们，既要做心怀远大理想、仰望星空的梦想家，更要成为脚踏实地、脚踩大地的实干者，让青春在科技攻关的最前沿，尽情地绽放光芒；在乡村振兴的广袤田野上，茁壮成长、抽穗扬花；在文化传承的肥沃沃土中，深深扎根、枝繁叶茂。

百年沧桑，历经巨变，不变的是青春中国那颗永远热烈跃动的心脏。从石库门到天安门，从承载希望的小小红船，到领航复兴的巍巍巨轮，历史的接力棒已然稳稳地传到了我们手中。且看今日之青年，当以鲲鹏展翅、扶摇直上九万里的凌云之志，冲破云霄；以精卫填海、矢志不渝的赤诚之心，挑战艰难。让五四精神化作构建人类命运共同体的思想火炬，在民族复兴的波澜壮阔征程中，激情澎湃地续写属于这个伟大时代的青春华章。

铭记国耻，砥砺中华

今日，我们满怀着无尽的沉痛，深情祭奠在抗日战争中英勇捐躯的先辈们；以无上的庄严，深刻反思八十九年前那场中日战争的屈辱历史。究竟为何，那弹丸之地的日本，竟能悍然入侵我泱泱中华，酿成这般惨痛的历史悲剧呢？在短短六年的时间里，日本侵略者如恶狼一般，迅速攻陷东北全境、平津要塞，华北的大部分地区也惨遭无情践踏。中国军民伤亡惨重，财产损失更是难以估量。堂堂华夏，为何会深陷亡国灭种的巨大危机之中？这段耻辱的民族历史，着实需要我们进行深刻的反省与思索。究其根源，我认为至少包含以下五个方面。

其一，日本自明治维新之后，国力与军力实现了大幅跃升。工业革命更是如同强劲的东风，助推其走向国富民强之路。众多日本财阀急切地渴望向外扩张，彼时，军国主义与大国沙文主义思潮在日本国内肆意蔓延，甚嚣尘上。

其二，从中国国民党方面来看，当时国内军阀混战不休，民生凋零，山河破碎不堪。张学良在其父张作霖被日本人炸死后，宣布东北易帜，自己客居北平。蒋介石为了保全自身的政治势力，秉持着"攘外必先安内"这一极端错误的思想，对日本采取"绝对不抵抗"政策。"九一八事变"突发之时，东北军由于缺乏统一指挥，又受制于这般荒谬的政策，竟致使一万多名日军将17万东北军逐出山海关一线。

其三，就中国共产党而言，一方面遭受国民党的围追堵截，另一方面力量尚显薄弱。尽管抗日决心坚定不移，但在东北仅有抗联力量。抗联势力孤弱，军备匮乏，难以对日本侵略者形成强大的攻势。相关资料显示，抗联先后有36万英雄儿女英勇牺牲，对日作战约10万余次，歼灭日军18万人。他们有力地钳制了日军南下，为中华民族立下了不朽功勋，其功绩彪炳千古。

其四，苏联方面，斯大林始终担忧战火蔓延至本国境内，故而对日军采取隔岸观火、坐山观虎斗的态度。

其五，国民党的外交举措以及日本国内的大地震也产生了影响。国民党奉行的外交政策，竟寄希望于"国联"调停日军进攻，此等外交策略荒谬至极；1929年年末，日本国内突发地震，这一灾祸反倒加速了日本侵略中国的步伐。

我想，正是这五方面因素的共同作用，致使日本以"柳条湖事件"为借口，炮击沈阳东北军大营。在国民党极端错误政策以及内外诸多因素的合力影响下，日本不到半年便占领了东北全境，东北三省就此开启了长达十四年的被奴役岁月。

反思"九一八事变"，历史给予我们诸多深刻的启示。

首先，我们应永远缅怀那个时代的民族先驱英雄，诸如马占山将军、杨靖宇将军、赵尚志将军、赵一曼烈士。在民族危亡的至暗时刻，他们毅然决然地燃起抗日的星星之火。其中，杨靖宇、赵尚志将军遭叛徒出卖，头颅被高悬于城门之上；赵一曼烈士被日寇严刑拷打长达六个月。"天地英雄气，千秋尚凛然"，他们宁死不屈、舍生取义的精神，永载史册！一个充满希望的民族，不能没有英雄。正是他们守护了中华民族的浩然正气，引领我们抗击耻辱，穿越黑暗，赴汤蹈火，中华民族方能傲然屹立于世界民族之林。

其次，落后就要挨打，若要摆脱挨打受辱的命运，唯有一条路，那便是将国家做强做大。

再者，没有一流的领导，便无法建设一流的国家。我们的教育应致力于培养一流人才，我们的人才要能够肩负起保家卫国的神圣使命。

然后，中国人务必力戒内斗，"窝里斗"只会消弭自身实力。倘若国共能够紧密合作，区区日寇又岂敢乘虚而入？

此外，我们要树立"天下虽安，忘战必危"的国防防御理念。尽管国内局势安定，但边疆与海防并非高枕无忧，必须树立积极的国防理念，御敌于国门之外。

最后，要培育"人不犯我，我不犯人，人若犯我，我必犯人"的国家战争尊严感，绝不让民族耻辱在我们这一代重演。

老师们！同学们！让我们铭记历史，知耻而后勇。务必努力学习，拼搏奋进，为中华之崛起而不懈奋斗！

华韵新程：育梦于课程的变革交响

在教育变革那汹涌澎湃的浪潮之中，课程体系的革新宛如熠熠生辉的星辰，始终高悬于学校发展的浩瀚苍穹，成为最为核心的命题。华韵实验学校仿若一位洞悉先机的智者，深深领悟到这一点。在新课标与"双减"政策相互交织、共同勾勒的教育崭新图景里，它怀揣着破壁立新的非凡勇气，精心重构育人体系，逐渐孕育出独具一格的三级课程生态：以统编教材作为稳固根基的基础课程，如同坚实的大地，为学生筑牢知识的基石；以校本研发为鲜明特色的探究课程，好似一双巧手，为学生雕琢独特的思维与能力；以个性发展为明确指向的拓展课程，则像灵动的画笔，为学生勾勒出多彩的未来。尤为引人注目的是，它以四大特色课程为坚实支柱，成功搭建起五育融合的育人全新范式，每一项都如同一首独特的乐章，奏响在教育的舞台上。下面，让我们一同走进这些创新实践。

学习力培育：思维跃动的奇妙旅程

在这个知识如闪电般快速迭代的智能时代，华韵实验学校以认知科学作为有力依托，匠心独运，打造出"六维能力+方法体系"的复合培养模式。通过斯特鲁普认知干预、舒尔特视觉追踪等专项训练，为学生的专注品质进行精心雕琢，使其逐渐变得坚韧而敏锐。借助月相观测日志、多场景辨析任务等充满趣味的实践活动，帮助学生锻造出能够洞察科学奥秘的慧眼。更为独特的是，学校独创思维体操课程，巧妙地将求同思维与发散思维融合在一起，让逻辑推理与创新突破携手共进。特别值得称赞的是"三级方法论"的构建：基础层如同搭建房屋的基石，夯实预习——复习的闭环，让学生养成良好的学习习惯；学科层形成语文品鉴、数学建模等特色学法，为不同学科打造专属的钥匙，开启知识的大门；高阶层引入费曼学习法、康奈尔笔记等前沿工具，让学生站在巨人的肩膀上，使学习真正成为一种可迁移的核心素养，无论面对何种知识，都能从容应对。

家校共育：生活即教育的美好交响

学校大胆突破校园这道无形的围墙，将教育的广阔场域延伸至家庭与社区。精心设计出六大实践模块，宛如六幅绚丽的画卷，共同描绘出育人新景象。劳动教育以二十项家务清单为纲领，如同沿着阶梯，一步步引导学生培养生活技能。"书香润家"计划通过导读手册、读书沙龙等丰富多彩的形式，搭建起家校阅读的桥梁，构建起家校阅读共同体。五十个家庭科学实验资源包，让厨房摇身一变成为充满奇妙的实验室，阳台也成了观测世界的小站。"名画再创作""新闻半月谈"等跨学科项目，更是在审美浸润的过程中，悄然培育着学生的家国情怀。这种"学科为经、实践为纬"的课程编织方式，让知识的习得与社会认知相互交融，如同琴瑟和鸣，形成有机共振。

时政素养：认知世界的多彩视窗

学校勇敢突破传统德育的窠臼，巧妙地将时政热点转化为鲜活生动的育人资源。以"追象之旅"生物多样性项目为例，它如同一个神奇的万花筒，整合了新闻剪辑、领导人讲话、生态知识等多元素材，引导学生开展跨学科探究。通过成立"观世界"学生社团，建立"新闻速递 - 深度解读 - 议题研讨"三级课程机制，将时政教育从以往的碎片化观看，升华为系统性思考。这种课程化的改造，就像一股清澈的活水，注入德育的田园，在价值引领与思维训练之间，寻找到了精妙的平衡，让学生在了解世界的同时，也塑造着正确的价值观和思维方式。

创客启蒙：好奇点燃的创新星火

学校秉持"格物致知"的理念，精心打造出独具特色的创客启蒙课程。收集逾千件生活器物，构建起一座充满神奇气息的"好奇博物馆"。设计"五步探索法"教学路径，如同为学生指引一条探索的道路：从观察结构激发疑问开始，学生的好奇心被点燃；接着拆解组装理解原理，如同揭开事物的神秘面纱；仿制改良掌握技艺，让学生在实践中提升能力；自由创造实现突破，释放学生的无限潜能；成果展示获得认同，给予学生满满的成就感。当学生用老式钟表零件拼装机器人，将废弃布料改造为智能家居模型时，他们不仅收获了 STEAM 素养，更在看似"无用"的探索中，领悟到创新的真谛。每年举办的创客嘉年华，已然成为学生们展现童真与智慧的创新博览会，如同璀璨的星空，闪耀着无数创新的光芒。

　　在教育改革的深水区，华韵实验学校以课程重构作为有力支点，巧妙地撬动育人方式的系统性变革。学习力工程打破了知识授受的固有定式，如同打开一扇新的窗户，让知识的阳光照进学生的心田；家校共育消融了教育场域的边界，让教育的土壤更加肥沃；时政课程重塑了价值引领的路径，为学生指引正确的方向；创客工坊重燃了探索求新的火种，激发学生的无限潜力。这些创新实践虽然在发展阶段各有不同，但它们的内在逻辑却始终如一——让教育回归思维启迪的本真，让学习成为终身成长的内在驱动力。在教育现代化的漫漫征途中，华韵实验学校愿化作一艘破浪前行的航船，以持续精进的课程革新，回应时代对优质教育的深切呼唤。同时，也期望能与社会各界携手并肩，共同谱写基础教育高质量发展的绚丽新篇章。

文明根脉的当代觉醒：
新时代传统文化的重生与绽放

　　青铜器皿上那斑驳的绿锈，静静沉淀着悠悠三千年的时光，仿若在诉说着岁月的沧桑；竹简帛书承载着百家争鸣的璀璨智慧，从历史深处缓缓走来。我们恍然惊觉：文明的密码，早已深深暗藏于我们的血脉之中。在世界四大古代文明体系里，尼罗河畔的莎草文献，早已悄然湮没于漫漫黄沙；两河平原的楔形文字，也消散在了纷飞战火之中；恒河岸边的梵音，在岁月的流逝中逐渐式微。唯有黄河与长江共同哺育的华夏文明，始终如同暗夜中长明不熄的火种，照亮着中华民族伟大复兴的漫漫征程。真正意义上的伟大复兴，不仅需要经济崛起所带来的硬实力作为支撑，更热切呼唤着文化觉醒所赋予的软实力——当每一个中国人都能成为鲜活的、行走的文化符号，当传统与现代在我们生命的肌理中相互交融、蓬勃生长，这才是文明传承最为生动、美妙的注脚。

　　然而，自近代以来，在西方工业文明汹涌浪潮的猛烈冲击下，我们文化自信的堤岸，几近溃决。从"师夷长技"的器物层面革新，到追求"德先生、赛先生"的制度探索；从新文化运动的破旧立新之举，到改革开放后的西学东渐之风，我们在现代化的道路上一路跌跌撞撞、不断求索。然而，在这一过程中，传统文化的根系，却渐渐枯萎、失去生机。那些曾经铸就了《礼记》《论语》的精神沃土，那些培育过唐宋辉煌气象的文化基因，竟如蒙尘的明珠，在时代更迭中，失去了往日的光彩。

新时代的曙光，已然照耀大地，文化复兴的春潮，正澎湃涌动。教育部"传统文化进校园"的嘹亮号角，让三千年的深厚的文明积淀，化作滋养青少年的甘霖。在怀化这片充满魅力的湘西热土上，我们试图通过三重独特路径，去唤醒那沉睡已久的文化基因。

构建浸润式文化课堂：让文明之雨悄然洒落

摒弃学术化活动那种曲高和寡的姿态，让道德讲堂如轻柔的春风，化作绵绵细雨，无声地滋润人们的心田。我们可以精心组建"五溪文化讲师团"，遴选那些深谙"孝悌忠信"的乡贤耆老。他们用质朴的方言俚语，生动讲述《颜氏家训》中的治家智慧；以田间地头的鲜活案例，深刻诠释《朱子家训》的处世哲学。更可巧妙借助数字技术，打造神奇的"云上书院"，让山间的农舍与城市的楼宇，能一同共享这场文化盛宴。当浪子因为聆听《弟子规》而重新拾起孝道，商户因为研习《商训》而恪守诚信，这便是传统文化在现代社会中最鲜活、最生动的转化。

锻造书法美育新范式：让墨香在新时代飘扬

在"双减"政策所开辟的素质教育崭新赛道上，书法教育恰似那四两拨千斤的神奇杠杆。怀化可联合高校，共同构建"书法教育共同体"，精心设计"临摹筑基——创作突破——理论升华"的三阶课程体系。更可以大胆创新"书法+"融合模式：与古典文学相结合，创作出气势恢宏的诗词长卷；与数理思维相互联动，设计出别具一格的几何书道；与STEAM教育相互交融，开发出富有创意的文创产品。当苗族银饰那精美的纹样，与魏碑笔法奇妙相遇；当沅江山水那空灵的意境，融入行草的章法之中，传统艺术便在坚守正道与不断创新中，焕发出全新的生命力。

培育礼仪复兴生力军：让传统礼仪重焕光彩

针对婚丧嫁娶中出现的文化异化现象，我们可以着力打造"礼仪复兴工程"：组建专业团队，精心研发"新中式"礼仪流程，将《仪礼》的精髓，巧妙转化为现代场景中的实用操作指南。在婚庆领域，开发"三书六礼"的现代版本，运用AR技术，生动重现"却扇""结发"等传统仪式；在殡葬服务中，融入"慎终追远"的理念，设计出生态安葬与电子家祠相结合的纪念体系。当年轻人身着改良后的汉服，庄重地完成婚仪；当清明祭扫转变为线上家族文化展，文明传承便有了与时俱进的全新载体。

站在雪峰山巅极目眺望，五溪之水奔腾不息，滔滔流淌，恰似文明传承的脚步，永不停歇，永无止境。让我们以教育作为犁铧，深耕文化的肥沃土壤；以创新作为甘露，悉心浇灌传统的根脉。让《楚辞》的浪漫与"精准扶贫"的担当相互交响，让苗绣的绚丽与高铁的飞速共鸣。当每一个怀化人都成为文化自觉的坚定践行者，当每一处街巷都流淌着文明的动人韵律，这片土地必将书写出传统文化现代转化的精彩篇章。要知道，参天古木萌发新芽，文明的火种，终将形成燎原之势——这，既是历史的深情回响，更是未来对我们的热切召唤。

新时代的主题式校本研修：
教育沃土上的成长之花

在教育的广袤天地里，校本研修宛如一颗深植于校园沃土的希望种子，它敏锐地直击教育的痛点，成为助力师生成长的关键实践载体，毋庸置疑，这是提升教育质量的根基所在。然而，环顾当下的教育生态，不少学校虽踏上了校本研修之路，却或流于形式的表面，或陷入空泛的泥沼，最终导致课堂效能低下，教师成长受限，学校发展也困于旧有的模式。但那些脱颖而出的示范校则截然不同，它们将校本研修视作锐利的工具，精研深耕，不仅培育出满园芬芳的桃李，还构建起学术的高地。更有卓越者，编撰特色教材，巧设研修范式，引领师生共同奔赴求知的快乐旅程，最终收获素养与考绩的双赢硕果。而主题式校本研修，恰似一把钥匙，为我们开启探索教育革新的大门。接下来，让我们从多个维度深入探寻其奥秘。

溯源：教育长河中的研修之光

我国自古以来就拥有重视教育与学习的深厚文化根基。《论语》开篇便以"学而时习之，不亦说乎？"道出学习在中国人心中的重要地位，它早已深深扎根于我们的灵魂，成为立身之本。不仅学生需要在知识的海洋中不断遨游，教师乃至成年人同样需在学习的道路上持续前行。韩愈在《师说》中对唐朝学风不振的感慨——"爱其子，择师而教之；于其身也，则耻师焉"，从反面有力地凸显了终身学习的不可或缺。

如今，针对学校教师的专门学习培训——"校本研修"应运而生。2004年3月27日，时任教育部副部长的袁贵仁在培训会议上正式提出这一概念，旨在全面提升教师专业水平，落实教育部"中小学教师每五年需完成360学时继续教育任务"的要求，促进基础教育资源均衡，推动中小学教育教学和课程改革全面进步。

步入新世纪，国际竞争愈发激烈。为培育符合国家需求的复合型创新人才，教师们需要提高思想认识，锤炼职业技能，站稳三尺讲台，在"终身学习""探究学习""创新学习"的道路上为学生树立榜

2023 年军训汇演

样。自号召发出后，众多德艺双馨的教师积极投身校本研修，取得了斐然成就。

当下，随着"双减"政策的推行以及教育互联网时代的全面来临，一线教师们迫切需要重新审视"校本研修"的内涵。在高考的大背景下，如何在课时减少、作业量降低的情况下，保持学生学习热情，高效传授知识，提升考试成绩，成为教师们亟待思考的重要问题。而"主题式校本研修"，便是综合考量学校学科特色、发展阶段、师资力量、生源质量等因素，确定某一时段教师学习的主题，为教育变革提供了新的思路。

聚焦：点亮研修旅程的主题灯塔

在动员教师参与"主题式校本研修"之前，校领导需依据学校自身需求，确定校本主题研修的名称。主题，犹如研修活动的璀璨星辰，所有活动皆围绕它有序展开，主导着整个研修进程，是研修活动的灵魂所在。在校本研修中，主题先行是基本原则，它源于学校的教师管理与教学经验，是从实际问题中归纳提炼出的研究对象。

以语文学习为例，提升学生写作水平便是一个典型问题。许多语文教师会疑惑：为何学生阅读量可观，考试成绩却不理想？如何将学生对阅读的兴趣转化为写作动力，实现从"输入"到"输出"的转变？类似问题在其他学科同样存在，只要教师用心总结，便能发现。学校还可组织经验丰富的教师从教学、教育与管理中发现问题，选取具有代表性的教学和学习行为进行分析、思考与研究，形成研修主题。一旦主题确定，就如同为研究者点亮了前行的灯塔，提供了方向与支持。当这种研修在校内形成规模，教师们会基于自身教育教学实践，主动参与其中，实现从被动到主动的转变，为学校发展注入强大动力。比如在班主任管理工作中，面对学生"屡教不改"的问题，便可作为研修主题深入探讨。组织有序的主题式校本研修，就像校园里温馨的文化沙龙，本校优秀教师、班主任登上讲台，分享经验与智慧，共同促进成长。

价值：绽放教育之花的研修力量

行事需明其意义，主题式校本研修亦是如此。它对于学校发展意义重大，是学校健康前行的必然选择。一所学校的发展，涵盖教师成长、学生管理以及特色塑造等方面，这些过程中的经验、教训与反思，构成了学校的历史积淀，也是校本研修的基础。在此基础上开展研修活动，能为学校发展提供方向与动力。例如，每年高考成绩公布后，学校组织教师参与高考经验交流会，分析成绩升降、高分人数、单科平均分等情况，总结经验教训，供其他年级教师学习，往往能取得良好效果。

校本研修有助于教育工作者重新认识和理解教育本质。它围绕"以学生为主体，发挥学生主动性，关注每一位学生，促进学生主动、生动活泼地发展，尊重教育规律和学生身心发展规律，为每个学生提供适宜的教育"这一核心展开。通过多次专题教研活动，帮助教职工树立"学生主体"的学生观，提升专业素养与个人修养，增强学校竞争力。教师应倾听学生意见，及时改进教学。对于学生厌弃的学科，精准分析原因并加以解决。若生源较差，可引导学生走艺术高考之路。

此外，校本研修是促进教师成长成名、推动学校成名的有效途径。其核心在于"研"，通过"研"提升教师素养与教育教学技能，助力教师成长为知名教师，并带动更多教师进步。当知名教师积累到一定程度，学校的影响力将不断扩大，可利用的资源也会增多。名校效应又会反过来推动学校更健康、快速地发展。条件成熟时，可成立名师工作室，编辑专著，扩大影响力。只要在"主题式校本研修"领域踏实前行，这些愿景并非遥不可及。

蓝图：绘制研修征程的目标画卷

"主题式校本研修"若要开展得精彩且达到预期效果，合理设置目标至关重要。目标既不能过高，以免参与者因难以达成而产生懈怠与沮丧情绪；也不能过低，否则缺乏挑战性，无法激发学习热情。一般来说，开展"主题式校本研修"的主要目标是打造高素质教师队伍，这是实施新课程改革、推进素质教育、培养新世纪合格人才的需要。因此，转变观念、优化结构、提升素质、增强服务意识，建设一支符合新时代要求、具备现代教师素质和教学特长的教师队伍，是多数学校开展主题式校本研修的重要任务。

具体而言，要强化师德规范，让一线教师具备"爱岗敬业、乐于奉献、勇于创新、关爱学生"的精神。在单次主题式校本研修中，参与教师应高质量完成研修任务，努力成为拥有现代教育思想，能运用现代教育技术开展现代化教育教学、适应新课程改革要求的现代教师。学校还应采取积极措施，鼓励教师参加更高层次的学历进修，做好骨干教师培养工作，力争推出市级（省级、国家级）骨干教师，使其成为学科带头人。

以"如何提高学生的写作水平"这一主题式校本研修为例，可制定具体目标。第一步，探寻学生热衷阅读却不爱写作的原因，引导学生上交违禁小说。第二步，利用早读课让学生朗诵情志俱佳的文章，激发审美能力。第三步，引导学生写好汉字，提升卷面美感与做人修养。最后，奖励优秀作文，引入阶段奖励机制，激发学生写作热情。

内容：编织研修魅力的多彩丝线

"主题式校本研修"的内容，体现在过程设计的意图之中。校本研修以学生教育管理为核心，以提升教育教学品质为目标，提出问题、确定主题，在教育教学实践中研究、检验，形成校本研修的闭环生态理论圈。在顶层设计时，需突出"服务、简化、实用、人人参与"的总原则，制定详细设计表，精确计算每个参与者的任务与工作量，依据教师特长安排研修任务，让每位教师都能在校本研修中找到自己的位置，轻松愉快地完成研修，增强研修的吸引力，做到人人有事做，事事有人管，共同提升。

例如，高中三个年级的全体语文教师围绕"如何提高学生写作水平"这一校本研修主题，教研组长可进行细化分工。安排擅长写作的教师撰写范文，亲和力强的教师与学生沟通获取信息，执行力强的教师配合德育处收缴不良书籍，共同营造校园高雅文化氛围。

保障：守护研修航程的坚固船锚

制度是保障，良好的制度能确保主题式校本研修顺利开展，助力教师成长。这些制度应侧重于教务层面，具备较强的可操作性。比如制定教师个人校本研修计划，要求教师参加教研活动、听评课活动并累积积分，参加教师培训并撰写培训心得，优秀心得可在校内分享。检查教师自学笔记及教学常规，形成"教师专业成长记录"，作为年终考核教师的重要依据。教师专业成长记录由备课组长和教研组长公正评价，学部主任、学校领导签署意见，必要时参考学生意见。

为使制度充满活力，还应引入竞争机制。将在主题式校本研修中表现突出的教师纳入骨干队伍，委以重任，提供施展才华的平台，评选出"学科带头人"。对于特别优秀的教师，学校可派其参加各级专业培训，将参与高级别专业培训作为教师福利。

回响：奏响研修成果的激昂乐章

在正式开展主题式校本研修的评价前，需组织研究成果展示，即公开课。准备工作遵循一定流程，包括教师自主选取课题，经教研组讨论确定；设计合作教学模板，交教研组长审查修改；组内成员交流提出修改意见；教师根据意见修改模板，交教导主任、教育办教研员审查；在年级组、教研组内进行试教、评教、说课；面向全校教师开展公开教学听课、评课、说课。整个过程需全程照相、录像。

评价可从多个方面进行：教师能否熟练将学习内容应用于具体实践，起初可能生疏，经几次教学实践后能力应逐步提升，自信心增强；教师在实践应用过程中，执教心态应转变为以学生伙伴的身份参与、引导学习，最好能让学生在课堂上提出意想不到但合理的专业问题；教师对课前准备工作的认识应发生转变，主动深入备课，研究学生、查阅资料，积极进行网络学习，相比传统备课愿意投入更多时间与精力；主题式校本研修活动成果展示，应使学生在课堂学习活动中积极参与讨论，乐于主动学习，理科学生的动手欲望较以往有明显提高。

主题式校本研修，是教育革新的有力探索。它从背景研判出发，以主题凝练为核心，重估价值、设置目标、确定内容、完善制度、总结评价，每一步都紧密相连，共同构建起教育变革的美好蓝图。愿更多学校在主题式校本研修的道路上不断探索前行，为教育事业的发展注入新的活力，培育出更多优秀的人才，书写教育的崭新篇章。

牛岁佳绩映华光，虎岁豪情谱新章

　　新春的爆竹声，似一曲悠扬的乐章，仍在我们的耳畔袅袅回响；团圆时的融融暖意，如一抹温柔的余晖，依旧在心头缓缓萦绕。就在这美好的时刻，我们已然伫立在春意萌动的校园之中。瞧，那枝头新绽的绿芽，宛如你们眼中闪烁跳跃的璀璨星光；听，那林间苏醒鸟儿的清脆啼鸣，恰似青春蓬勃拔节的激昂回响。二十年的时光悠悠流转，此刻站在这里的少年们，未来或许将执掌科研重器，开启探索未知世界的大门；或许能在艺术的广袤天地泼墨挥毫，绘就绚丽多彩的长卷；又或许会在三尺讲台默默耕耘，播撒知识与希望的种子。这片曾经滋养过无数学子的校园土地，正如同一个神奇的摇篮，悄然孕育着未来的参天栋梁。

　　回首刚刚过去的辛丑牛年，华清人坚定前行、踏石留痕的足音，仿佛还在我们的耳际清晰回荡。本科上线率成功突破43.7%的大关，在怀化教育强市的舞台上，跻身前二十的光荣序列；学考合格率更是一路攀升，几近完美的刻度。在艺术的神圣殿堂里，我校学子绽放出耀眼光芒，斩获全省合唱比赛的桂冠，那是何等的荣耀。那些挑灯夜战备课的星夜，老师们在昏黄灯光下专注的身影，透着对教育事业的执着；那些清晨读诵的青春剪影，同学们在晨曦中努力的模样，展现着对知识的渴望。所有的这些付出，终究化作了捷报上跳跃闪烁的数字，凝聚成属于全体师生的荣光勋章。

然而，教育之道，绝非仅仅能用数据来衡量和评判。真正精妙绝伦的育人之美，在于能够唤醒灵魂深处的共鸣。当我们静静地凝视讲台上那些手持书卷、挺拔而立的身影时，就会明白，每一位师长都宛如一部行走的典籍。他们怀揣着美玉般珍贵的学识，拥有着春风化雨般温润的涵养，这些无一不是岁月悠悠沉淀下来的智慧结晶。可叹的是，某些少年在与这些智者对话时，却紧闭心门，闭目塞听，完全不知晓这方寸讲台之后，蕴藏着多少值得用心去求索的学问真谛。犹记得其他学校的学子虔诚趋庭问学的盛大场景，才深切领悟到"程门立雪"的千古典故，在如今的时代，依旧散发着生机，从未过时。

育人者的每一句话语，都饱含着心血与深情。在此，有三重境界愿与诸君共勉：其一，应当效仿青竹，心怀谦逊之意，既尊重师长，维护师道尊严，更要如干涸的土地渴望甘霖般，汲取知识的无尽滋养。其二，必须学习劲松，拥有自立自强的精神，"王侯将相，宁有种乎"这句震撼人心的诘问，恰如破晓时分的钟声，能够破除心中的重重迷障。在如今数字浪潮汹涌澎湃、席卷寰宇的时代，真正的强者必定是思维疆域的勇敢拓荒者，敢于突破常规，开拓创新。其三，要像幽兰一般，独自散发芬芳，将仁义礼智信这些美好的品德，化作自身的精神血脉，让恻隐之心如同清泉般源源不断地涌流，让是非之辨仿若明镜般高悬于心。

放眼当今，全球风云变幻，我们能够拥有山河无恙的安稳生活，这份底气，既源自先辈们披荆斩棘、筚路蓝缕的艰辛开拓，更需要我们这一代人和未来的学子们继往开来，勇敢担当起时代的重任。当你们在窗明几净的教室里，专注地诵读经典，感受古老文化的魅力时；当你们在崭新落成的体育馆中，尽情挥洒汗水，释放青春活力时，请一定要牢牢记住：这岁月静好的背后，承载着整个民族复兴的殷切期许。

今朝，春天已然开始，世间万物都在蓬勃生长。且看我们立下的虎年宏伟志愿：

一破高考十二重难关，在知识的海洋中乘风破浪，向着理想的彼岸奋勇前行；

二筑学考百分坚固堡垒，为学业的根基筑牢坚实防线，追求

2023 年励志演讲活动

卓越；

三拓基础学科辽阔疆域，在学术的领域中大胆探索，开拓新的天地；

四攀艺术联考巅峰绝顶，在艺术的舞台上绽放最耀眼的光芒，展现非凡才华；

五起广厦万千温暖家园，为校园建设添砖加瓦，营造更美好的学习环境；

六树文明校园光辉标杆，以文明为笔，书写校园的和谐篇章。

更愿诸君深刻领悟播种的深远意义：播种信念的人，必将收获行动的力量；持续行动的人，能够养成良好的习惯；巩固习惯的人，得以塑造优秀的品格；锤炼品格的人，最终能够掌控自己的命运。其中蕴含的真谛，恰似天地间春种秋收的永恒韵律，只要我们用心去体悟、去践行，终将奏响一曲辉煌壮丽的生命华章。

虎啸龙吟，声声急促，催促着少年们奋勇前行。愿华清学子怀揣炽热的赤子之心，以猛虎下山般的磅礴气势，在这孕育着无限希望的美好季节里，尽情书写属于新时代的青春传奇，让青春在奋斗中绽放出最绚烂的光彩！

叁　谆谆扶掖

　　我们今天重新厘清"教无定法"的内涵及外延，对它的实施条件以及适用范围进行界定，具有非常深远的现实意义。

　　在以后的教学过程中，我们不妨在哲学"扬弃"的基础上，也搞一点"拿来主义"。这样，既不会不顾实情生搬硬套，被时代淘汰，又能勇猛学习，练出自己成熟的招式来，才能站得稳这三尺讲台。

润泽心灵沃土，筑就成长通衢

　　在职业教育那片广袤的原野之上，时常会出现这样令人心生感慨的景象：本应像春日幼苗般生机蓬勃、茁壮成长的青春少年，却因为心理上重重雾霭的遮蔽，难以尽情舒展那象征着成长的翠绿枝叶。家庭教育的种种偏差、社会认知的错位以及教育评价的单一化，仿佛三重厚重的迷雾，沉沉地笼罩在职校学子们那充满憧憬却又略显迷茫的精神世界之上。要想成功破解这一困局，不仅需要智育与德育这双桨并驾齐驱，更需要心理教育如同春风、春雨般悄然滋润，才能够培育出既拥有精湛专业技艺，又怀有阳光积极心灵的栋梁之材。

破译心灵密码：九重迷障的祛魅之道

　　仔细观察职校学子们那复杂而又独特的精神图谱，便会发现有九重亟待破除的心障，宛如一道道无形的枷锁，束缚着他们的心灵。

　　有的同学就像迷失在茫茫大海中的孤舟，失去了方向的舵盘，只能在知识的学海中无奈地随波逐流，不知何处才是彼岸；有的好似秋风中飘零的落叶，一旦遭遇挫折，便立刻萎靡不振，失去往日的活力。有人错误地将勤勉努力视为沉重的枷锁，把虚度光阴当作逍遥自在的生活方式；有人深陷自卑的茧房，将自己紧紧包裹，不敢面对外面的世界；有人则沉溺于逆反的漩涡，不断地与周围的一切对抗。更令人忧心忡忡的是，有的如同脱缰的野马，肆意践踏规则，全然不顾后果；有的像被困枯井的困兽，白白放弃自己的才情，自暴自弃；甚至还有人将自己的困顿境遇归咎于天命，却浑然不知那开启成功之门的钥匙，其实一直握在自己手中。

构建心育经纬：十三重境界的攀登之阶

一、心灵解码：唤醒自我认知的晨曦

我们要引导学生去照见那面心灵的明镜，不仅要勇敢地正视阴影处存在的缺憾，更要用心去发现光芒之中所蕴含的天赋。这就如同园丁精心修剪枝丫，我们应当帮助学生去除那些自我否定的枯枝败叶，用心培育个性张扬、充满生机的新芽。

二、人际润泽：编织社会交往的经纬

在团队协作这个炽热的熔炉之中，学生们能够锻造出同理心，学会站在他人的角度去理解和感受；在矛盾调解的实践过程中，他们能够培育出包容力，懂得宽容和接纳不同的观点与行为。让学生们明白，真正强大的人，并非那孤峰独峙、高高在上的存在，而是能够像肥沃的土地一样，让周围的一切都绽放出各自的芬芳。

三、逆境淬炼：锻造意志品格的熔炉

创设"挫折情景剧场"，让学生们在可控的风险环境中去体验失败的苦涩滋味。这就如同雏鹰初次展翅试飞，唯有经历过逆风折翅的痛苦，才能够积蓄起搏击长空的强大力量。

四、创新启智：点燃思维火花的燧石

将车间巧妙地变身为充满创意的创客工坊，让实训设备成为激发思维的跳板。当学生们惊喜地发现废弃的零件能够重新组合成别具一格的艺术装置时，僵化的思维便会在这创造的火花中悄然消融。

五、特殊关怀：播撒温暖阳光的守望

对那些身处困境的学子实施"心灵补光计划"，用集体的温暖去弥补他们家庭关爱的缺失；为行为存在偏差的学生定制"成长蜕变档案"，认真记录下他们每一个细微的进步。就像春雨无声无息地滋润万物，让特别的爱能够滋养那些特别需要关爱的幼苗。

把握成长节律：三段培育的进阶之道

教育，应当如同农人顺应天时一般，遵循学生的成长规律。新生就如同春天破土而出的幼苗，此时最为重要的是扎根定向，为未来的成长奠定坚实的基础；二年级的学生恰似夏日繁茂的树木，需要修剪社会责任之枝，让自己的枝叶向着更广阔的天空伸展；即将毕业的学生则如同秋日等待采摘的果实，应当铸就就业创业之魂，准备好迎接新的人生挑战。班主任就如同那吟诵节气歌的歌者，在学生们心灵的田野上，精心谱写着成长的美妙韵律。

构筑心育生态：全员育人的交响之章

真正的心理教育，绝非孤军奋战，而需要奏响全员育人的宏大交响乐。文化课教师要善于挖掘学科中的丰富元素，将其巧妙地融入教学之中；实训导师要把工匠精神的基因植入学生的内心，培养他们对

专业的热爱和专注；校企合作单位应当提供实践疗愈的场所，让学生在实际操作中获得心灵的成长。让学校的每一面墙壁都能够诉说成长的箴言，每一次实训都能成为一场与心灵的深度对话。

结语

当我们将心理教育视作一门雕琢灵魂的艺术时，班主任便不仅仅是管理者，更像是心灵的摆渡人。唯有以心为舟船，以爱为船桨，才能够在职业教育的江河之中，让每一颗心灵都绽放出独特光华，让每一个生命都能够找到属于自己的生长方向。这，既是教育的初心所在，更是时代赋予我们的沉重使命与殷切重托——因为今日我们用心呵护的这些稚嫩心灵，终有一日，将成为撑起"中国智造"的坚实脊梁。

以爱为光，照亮职教学子的逐梦征途

　　投身于职业教育的漫长旅程，已然度过十几个春秋。在与诸位同仁于工作之余、茶余饭后的倾心交谈中，常常能听到老师们对学生顽劣难教、难以管束的喟叹。在初级中学的校园里，那些调皮捣蛋且成绩不尽如人意的学生，他们的未来仿佛早已被某些老师在心底无情地

2024 年元旦年俗活动

宣判了"死刑"。一句"你连高中都考不上，日后定然毫无建树"，便轻易地给这些孩子的人生下了定论。

我不禁在心底发出慨叹：世俗认定的"考不上高中就必定不能有所成就"这种论断，实在令人感到悲哀。追根溯源，这是部分教育者教育观念陈旧，对"教育"这一神圣概念的根本意涵领悟不足所致。早在两千多年前，至圣先师孔子就已提出"有教无类"的伟大教育理念；社会上也长久流传着"三百六十行，行行出状元"的至理名言。然而，身为教育工作者，为何不去深入思索其深刻内涵呢？面对性格千差万别、爱好各不相同、追求各有千秋的学生，我们为何不能依据三百六十行的多元标准来实施教育，进而革新我们固有的评价准则呢？在世俗的观念里，仿佛只有考上高中、步入大学的孩子，才被视作好学生、好孩子。这种偏见与误导，让我们不经意间扼杀了众多潜在的天才，不知不觉地沦为教育的罪人。

教师，理应深谙因材施教的精妙之道。人与人之间本就存在着显著的差异，思维方式更是大相径庭。因此，在教育学生的过程中，切不可漠视这些差别，切不可采用整齐划一的僵化模式。尤其不能以初中、高中的教育思想、手段与标准，来引导、施教于中职生，并以此来衡量他们。实际上，每个人都有其独特的闪光点与潜藏的天赋，这完全取决于教师如何巧妙引导、深入挖掘与精心培育。

我们必须清楚地认识到，我们所从事的是职业教育，教育对象是中职生。他们来到这里，并非为了研习物化生、政史地、语数外等文化课程，也无需用高中的文化标准来评判。我们的学生是来学习专业技能，谋求一技之长的。一定要牢记，他们志在掌握一门专业本领。

所以，只要学生有一技之长、在某方面专精，便是好学生、好孩子，我们理应给予表扬、鼓励，运用恰当的方法引导他们走向成才之路。

老师们，试问诸位皆为全才吗？凡事皆能胜任吗？倘若并非如此，就切勿以全才的标准苛求自己的学生。

老师们，你们真正了解自己的学生吗？能否发现他们身上的亮点呢？倘若尚未做到，那就请多关注学生，多与他们交流沟通，探寻他们的闪光点吧。

老师们，请铭记，当我们无法挑选生源时，必须转变观念，去寻觅学生身上的闪光点，激发他们的潜能，让这些亮点持续闪耀。这，才是以人为本的教育真谛。

教不思改，故步自封

在教育的长河中，课堂教学的革新始终是一场未竟的征程。学术界的争论与一线教师的实践交织多年，却仍未寻得一个让所有人满意的答案。这或许是因为，教育本身就是一个复杂而多变的领域，每一次尝试都像是在黑暗中摸索，试图点亮前方的路。

孔子曾言："学而时习之，不亦说乎。"这不仅是对后人的告诫，更是对教育者的一种启示。在信息化飞速发展的时代，万物都在瞬息万变，教师们若不能放下过往的成就，以谦逊之心重新出发，那么教育的效果必然会大打折扣。然而，面对课堂教学改革的浪潮，教师们的反应却各不相同。

那些渴望进步的教师，如同辛勤的园丁，精心耕耘每一堂课，力求做到近乎完美。他们遵循"以学生为主体，以教师为主导"的原则，充分调动学生的主观能动性，用心撰写教学反思，总结经验教训。岁月流转，他们或许不能成为一代名师，但至少能在学科领域中崭露头角。而另一些教师，却抱着得过且过的心态，以学生基础差、难以接受新式教学方法为借口，拒绝革新，逃避责任。他们的课堂，如同一潭死水，学生感受不到学习的乐趣，更谈不上有所收获。还有些心怀怨愤的教师，认为课堂教学革新是无用功，心胸狭隘，因循守旧，最终只能落得个惨淡的结局。

"教无定法"，这四个字在教育界被反复提及，却常被误解。它并非一句空洞的口号，而是要求教师根据学生的不同特点，采取不同的教学措施，以实现最佳的教学效果。孔子便是"教无定法"的倡导者。他曾针对子路和冉有性格的不同，给出了截然不同的回答。这背后，是对学生性格、学业水平、志向等多方面的深刻了解。如果教师不了解学生，那么"教无定法"便无从谈起。

在学科教学中，"教无定法"同样有着重要的意义。教师需要广泛学习各种教学方法，然后根据实际情况进行选择和改造，形成具有个人特色的教学风格。就像赵孟𫖯的书法，灵动飘逸，秀美温雅，这是他在临摹了大量书体后形成的独特风格。教师们也应如此，只有广泛学习，才能形成自己的教学风格。

然而，现实中却有不少教师对"教无定法"断章取义，将其当作拒绝改革的挡箭牌。他们不更新教育理念，不思进取，最终只能在老路上徘徊。这样的教师，无论教了多少年，都只能是教学上的"新手"。

教育是一场漫长的旅程，我们需要不断探索，勇于创新。我们不能让"教无定法"成为拒绝进步的借口，而应以开放的心态，积极学习，形成自己成熟的教学方法。我们要引导学生主动思考，摒弃传统的教学思想，鼓励学生用创造性思维去探索知识的奥秘。

让我们以化用后的龚自珍的诗句共勉："华清新貌唤风雷，学子齐喑最可哀。我劝诸师重抖擞，不拘一格育人才！"在教育的道路上，愿我们都能以初心为笔，以创新为墨，书写出属于未来的华章。

换一种方式，让教育之花绽放

在校园的日常里，时常会有学生向班主任或教务处倾诉心声：他们对某某老师的课兴致缺缺。若只是一两位学生这般"吐槽"，或许对教学大局影响甚微。然而，当这类声音不绝于耳时，便不由得引人深思：如今坐在教室中的莘莘学子，究竟钟情于怎样的教学风格？而站在三尺讲台上的教师们，又该如何革新，才能契合学生的期待呢？

为探寻营造良好课堂氛围的方法，我近期频繁与一线教师交流，也倾听了各类学生的想法。最终，得出一个结论：学生不喜欢某位老师，症结往往在于教学方式。他们反感老师在课堂上滔滔不绝，将学生独立思考的时间全然占据，丝毫不顾及学生的真实感受。这种老师一味讲授、学生被动倾听的课堂模式，恰似一潭死水，只会让学生自主学习的兴趣逐渐消逝，更别奢谈培养他们主动解决问题的能力了。

毋庸置疑，这种课堂现象在诸多学校不同程度地存在着，如同一股暗流，严重影响着学风、考风，乃至校风。要想从根本上解决这一问题，就必须回归教育的本质。教育的本质，是一个相对恒定的命题，却关联着动态的目标，那便是教育的根本任务。在我们国家，教育的根本任务是立德树人。但需明白，"立"与"树"这两个关键动作，最终要靠学生自己去完成，教师无法替代。教师所能做的，是像点燃火种一般，通过启发、点拨、鼓励，激发学生内心那颗原本就有的德行种子，让它在岁月中慢慢成长，最终长成参天大树。正如《大学》开篇所讲："大学之道，在明明德，在亲民，在止于至善。"学生完善自身的德行修养，仅仅是"树人"的一半，还需将正能量传递给他人，影响社会，这才构成"树人"的完整过程。《论语》中"己欲立而立人，己欲达而达人"，说的正是这个道理。

那么，立德树人在学校教育实践中是如何落实的呢？江苏省锡山高级中学校长唐江澎对教育真谛有一个精妙的论断："好的教育，应该是把学生培养成'终身运动者，责任担当者，问题解决者，优雅生活者'。"细细品味，现代优秀青年的这四种境界，无一不是在他们自身成长过程中，通过历练、沉淀、反思与提升而达成的。《论语》中记载了孔子的教学原则，"不愤不启，不悱不发，举一隅不以三隅反，则不复也"，从中可看出孔子极为注重培养学生对知识的迁移运用能力。书中还描绘了孔子询问子路、曾皙、冉有、公西华四位学生人生志向的场景，孔子一句"以吾一日长乎尔，毋吾以也"，打消了学生们的顾虑，让他们得以畅所欲言、尽情表达。

古今大贤在给予学生更多课堂"话语权"这一点上，看法竟如此相似。这不禁让人发问：为何教师们对"一言堂"的教学模式如此执着呢？其实，早在多年前，就有专家指出："教师在课堂上搞'一言堂'，是扼杀学生主动学习思考的罪魁祸首。"许多教师在设计课堂时，常常只从自身角度出发，却未意识到教学是一项涉及师生双方的复杂工程。教师在成就自我的同时，更要助力学生成长。教师痴迷于

2023 年教师节活动

"教"并非毫无缘由，他们的专业能力源于"教"，是"教"成就了他们；从个人经验来看，他们在某一学科知识上确实更具发言权。然而，他们可能未曾察觉，教学的根本目的，除了"成就自己"，更在于"教会别人"。很多时候，对于教师而言，"教"似乎能带来良好的教学效果；但对学生而言，教师过度"勤教"，反而可能让学生变得"懒学"。

仔细想想，若学生长期依赖教师的"教"，就如同不劳而获，这会导致一种可怕的局面：教师因勤奋敬业而沾沾自喜，学生却在盲目跟从中昏昏沉沉。追根溯源，这都是"授人以鱼"的教学方法惹的祸。实验表明，学生对于教师通过"填鸭式教学"传授的知识，记忆周期最多不过两周。通常情况下，两周之后，甚至更短时间，那些知识便被学生忘得一干二净。加之过去课堂教学评价往往只看重教师在课堂上的"表面投入"，极少关注学生的实际收获，这进一步让教师对课改望而却步。你看，在各类教学比赛中，获奖的常常是那些口才好、反应快的老师，而一些一心致力于改良教学、不太擅长表达的老师，却总是与荣誉擦肩而过。一般的教育研究者很容易忽视"授人以鱼"教学方式的负面诱导，从而得出失之偏颇的结论。

倘若教师一直沉浸在"授人以鱼"教学方式带来的"成就感"里，不从学生的角度去解决问题，大概率还会继续深陷其中。这就如同吃得多不一定能长高，教师知识储备丰富、测试分数优异，并不一定意味着教学水平高超。因为教学的关键在于让学生真正学会，仅仅依靠教师"教"学生，只是一个美好的愿景，并非最佳方式。与其让教师使劲"教"，不如让学生自己来"教"。爱因斯坦有句名言："你并不真懂一个知识点，除非你能给老奶奶讲明白。"这绝非玩笑之语，其中蕴含着教学的基本原理——课堂教学要以学生为中心，不能脱离学生的认知自说自话。同样是"教"，学生教学生的效果说不定比教师教学生更好，这也就不足为奇了。

的确，对学生而言，"互教"的过程，便是连接、迁移、应用新旧知识的过程。按照费曼的理论，教的过程也是自我"查缺补漏""简化归纳"的过程。这验证了"教是最好的学"这一经典教学理论。让学生"多教"，教师"少教"，不失为实现课堂深度学习的良策之一。从这个角度而言，各方需共同努力，将课堂从教师"单教"的独角戏，转变为学生"互教"的交流场，我认为这正是新一轮课改的关键所在。学生"互教"这一理念，实则基于平等、交互、双赢的教学理念。前几年我倡导学生主动"学"，如今主张自主"教"，即学生间互教，这两者是一脉相承的。其实，"教学"本就是"教"与"学"的统一，只不过现在将教师的"教"换成学生的"教"，说不定能收获意想不到的改革效果。任何站在非此即彼的对立立场，试图讲清教学关系的研究，都是不科学、不现实的。

当教学回归到学生互"教"这个本位，教师只在关键时候起到督导、鞭策、纠偏的作用，那么，距离各方期待的教育目标，也就不再遥远。教育之花，也将在这种全新的教学模式下，绚烂绽放。

育桃李之路：执四宝，避四害

"十年寒窗无人问，一朝成名天下知。"这句俗语，道尽了莘莘学子的奋斗历程。于高中生而言，融入高中生活，在学海中拼搏，斩获优异成绩，踏入理想大学的校门，便是他们青春征程中最坚定的目标。在这漫漫求学路上，学生自身的努力拼搏固然是基石，然而班主任的科学规划、科任教师的谆谆教诲，以及家长的心理疏导与正面引导，同样不可或缺。

但现实里，常能看到这样的情景：学生用心苦学，老师们敬业辅导，可成绩仍未达预期。其中究竟缺失了哪些环节？又存在着怎样需要规避的教学误区呢？对于基础不够扎实的学生，是否有切实可行的提分方法？那些冲淡学习效果的隐形危害，又该如何警惕？让我们一同探寻，期望能为学子们点亮前行的指路灯。

四宝在手，学习无忧

古往今来，优秀之人并非生来就备受敬仰，他们在尘世历练中，掌握了被常人忽略的关键，经总结、实践，化为生活准则，最终崭露头角。学业之路，亦是如此。身为教育工作者，我们当为高中生们送

校园一角

上助力的"法宝"，助他们披荆斩棘。

树立目标，策略领航

班主任与科任老师，应引导学生领悟确立目标的重要意义。没有目标的人，在世间如同流浪的孤魂，浑浑噩噩；而拥有目标的人，恰似在茫茫大海中拥有灯塔指引的航船，坚定前行。对于身负诸多期望的高中生，明确学习目标更是重中之重。学生们需拓宽视野，放大格局，将自己置于全校、全市乃至全省的庞大高中生群体中公平竞争。依据期中、期末考试成绩，精准定位自己的全科总分、单科分数在班级、年级、市区乃至全省的位次，进而确定高考冲刺的目标大学。如此，方能做到有的放矢，知己知彼。同时，要细致分析竞争对手，列出自身优劣，反思影响成绩的主因，制定切实可行的策略方案。给自己加压，更要设定若未达考试目标甘愿接受的处罚，化压力为动力，向着成功彼岸奋勇前行。

沉淀反思，总结得失

老师们要让学生懂得及时反思的价值。曾子曾言："吾日三省吾身：为人谋而不忠乎？与朋友交而不信乎？传不习乎？"回顾历史，那些成就非凡之人，无不明了反思自省的益处。反思，是成长的阶梯。人生之路，难有坦途，高中求学更是充满起伏。俗话说："吃一堑，长一智。"成长中跌倒带来的痛苦不可避免，能否重新站起，关键在于是否认真汲取教训、总结经验。高中生们，莫要将暂时的失败归咎于外部，要学会向内探寻原因，借助同学、家长、老师的力量反思自我，找出成败因素。比如，审题时是否粗心，是否领会出题者意图；时间分配是否合理；卷面是否整洁美观；复习是否抓住重点、突破难点、攻克疑点？静下心来，倾听自己的心声。戒骄戒躁，方能再接再厉。

掌握方法，循序渐进

老师们需让学生知晓科学方法的重要性。当大家学习态度端正后，考试成绩的竞争，很大程度上便是学习方法的较量。科学的方法，能让学习事半功倍；偏颇的方法，则会事倍功半。教师要指导学生掌握预习、听课、记忆、笔记、做题、纠错等六大学习方法。但不可死板套用他人方法，而要活学活用，改良出适合自己的高效之法。

记住，学习他人是为了让自己学得更好，适合自己的才是最佳选择。对于难记的单词、公式、古诗文，不妨编口诀，用方言诵读，同时联想相关画面，如此既能促进理解，又能轻松记忆，何乐不为。

付诸行动，逆袭可期

老师们要启发学生明白实践行动的关键。一打计划，不如一次真正的行动。计划再周密，若不付诸实践，也只是纸上谈兵。不要以"没时间"为借口，真正上进的人，时间是挤出来的，优异成绩是逼出来的。学生们要明白，严格要求自己的老师，才是真心付出、值得依赖的。今日事今日毕，杜绝拖沓敷衍，行动果敢迅速，才能立竿见影。真正觉醒，何时行动都不晚。每天进步一点点，从当下、从每节课做起，坚信野百合也有绽放的春天，笨乌龟也能战胜野兔。只要踏实拼搏，即便如蜗牛般缓慢爬行，终有一日能抵达成功的顶端，沐浴胜利的阳光。

远离四害，学业顺畅

在拥有"四件法宝"的基础上，学生们还需学会辨别，摒弃那些对成绩有负面影响的不良行为习惯和错误想法，如此人生才能焕然一新。高中学习压力大，学生们急于求成，又缺乏心理疏导，常易犯错。若能静心反思，许多损失本可避免，只要一开始端正认识，将不良苗头扼杀在摇篮，便能成为高考的赢家。

杜绝偏科，全面发展

班主任和科任老师要让学生深刻认识到严重偏科的危害。在不少高中，存在这样的现象：学生觉得哪科容易就多投入精力，对不感兴趣、自认为学不会的科目则愈发抵触，甚至厌烦相关老师。但实际上，优势学科提分艰难，弱势学科却潜力巨大，是提高总成绩的关键点。高考中有个规律：6－1＝0，即某一学科拖后腿，可能与一本失之交臂，除非其他五科近乎满分。所以，偏科是致命伤，必须防范。班主任要搭建学生与弱势学科老师沟通的桥梁，老师要鼓励学生走出心理误区，分析优势，分享方法，助学生重回正轨。

克服自卑，树立自信

老师们要帮助学生剖析自暴自弃的危害。自卑，如同隐形的绊脚石，阻碍着成绩提升，常与懈怠、懒惰相伴。自卑之人常把"我不行、我不会"挂在嘴边，久而久之形成固定思维，错失机会。高考是公平的，只要认真对待，它便会展现温柔的一面。老师们要让学生明白，人生之旅应当如螺旋式上升，没有人天生是学霸，别人能做到的，自己也一定行。同时，要培养理性自信，避免过度自信走向自负，尊重对手，学习对方长处，友好切磋，这才是高中生应有的品质。

放下虚荣，诚恳求学

老师们要让学生明白死要面子的危害。许多学生碍于面子，不懂装懂，遇到难题不敢向老师、同学请教，怕被笑话，这是典型的因小失大。孔子说："知之为知之，不知为不知，是知也。"高中学习需要诚实态度，容不得半点虚荣。孔子还讲："三人行，必有我师焉。择其善者而从之，其不善者而改之。"每个同学都有优缺点，唯有不耻下问，才能出类拔萃。再优秀的同学也有知识盲点，再普通的学生也有闪光点。放下暂时的面子，才能赢得长久的尊严。

永不放弃，坚持到底

老师们要督促学生认识到轻易放弃的危害。有些同学常抱着消极态度，觉得努力也学不会、考不上好学校，便自甘堕落、混日子，这是对自己和父母极不负责任的表现。同学们不妨自问："能放弃一时，能放弃一世吗？"天上不会掉馅饼，唯有努力奋斗。想想拼搏的父母、辛勤的老师、奋进的同学，自己又有什么理由不努力？当想要松懈时，想想未来的自己，是衣食无忧、受人尊敬，还是勉强求生、遭人冷落？是花团锦簇、掌声相伴，还是命运坎坷、奔波劳碌？每念及此，稍有羞耻心之人，都会幡然醒悟，努力开启精彩篇章。

在培育桃李的道路上，让学生紧握四宝，避开四害，如此，方能期待他们拥有光明的前程，绽放出属于自己的光彩。

华清岁月：教育长河中的坚守与奋进

　　岁月宛如一首悠扬的歌，时光在不经意间从指尖悄然流逝。回首过往，那些经历仿佛一幅幅栩栩如生的画卷，清晰地在眼前徐徐展开。华清教育在挑战中砥砺前行，在困境里拼搏奋进的每一个瞬间，都凝聚成了一部波澜壮阔的篇章，深深镌刻在你我心间，成为永恒的珍藏。

　　犹记那个特殊的年份，全球都在经受着前所未有的考验，教育领域也未能幸免，重重困难如阴霾般笼罩。然而，华清人展现出了非凡的勇气与担当，以团结一心、众志成城的姿态，毅然决然直面挑战，共克时艰，淋漓尽致地彰显出教育的强大力量。当上级任务下达，华清迅速响应，以董事长为总指挥的专项小组即刻成立。从精心制定周密措施，到一丝不苟地落实每一处细节，每一位华清人都全力以赴，用实际行动赢得了社会各界的广泛赞誉。彼时的校园，弥漫着紧张而有序的气息，全体师生心往一处想，劲往一处使，为了共同的目标奋勇拼搏。

　　回首往昔，那些辉煌的成绩至今依然闪耀着夺目的光彩。全体师生在挑战面前毫无惧色，凭借着刻苦自律的精神，成功攻克了一个又一个教学管理中的难题。首届复读生在高考中大放异彩，二本率、一本率、重本率均达到令人惊叹的高度；首次学考，九科合格率更是高达百分之百，这优异成绩的背后，是无数个日夜的辛勤付出。在各类比赛的舞台上，华清师生同样表现卓越——朗诵比赛中，那富有感染力的声音回荡在赛场；体育赛事里，矫健的身姿尽显青春活力；演讲比赛时，激昂的话语展现自信风采；艺术联考中，精湛的技艺赢得阵阵掌声。捷报频传，每一次胜利都饱含着师生们的心血与努力。而校刊《华清教育》的诞生，更是全体师生智慧与汗水的结晶，它宛如一位忠实的记录者，将华清教育的点点滴滴都铭刻其中，生动地展现着华清精神的独特魅力。

2023 年教师节活动

展望未来，我们满怀憧憬与信心。在过往成绩的坚实基础上，我们将继续砥砺奋进，以更高的标准、更严的要求，精心为华清教育书写崭新的篇章。

我们深知，教学乃学校发展的核心，而教研则是提升教学质量的关键所在。因此，我们着力强化领导班子建设，格外突出学科教研的重要地位。不断深化学科带头人队伍建设，充分发挥集体备课的优势，积极鼓励教师们相互磨课、共同学习。那些围绕高考试题的深入研讨，对命题趋势的精准探讨，让教师们在思维的碰撞中激发出智慧的火花。同时，我们大力鼓励年轻教师参与高三月考，亲身体验模拟考试的紧张氛围，促使他们不断自我鞭策，持续提升教学水平。

打造高效课堂，提升教学质量，是我们不懈追求的目标。以教研室为核心，我们积极组织形式多样的研讨会，开展网络学习、外派学习、师徒结对等丰富活动，以点带面，全面推动课堂教学质量的提升。我们鼓励教师们培养跨学科综合思维能力，在传授本学科知识的过程中，巧妙地渗透其他学科内容，从而拓宽学生的视野，精心培养他们的理性思辨能力。

高考，不仅是对学生的严峻考验，更是对我们教育成果的一次全面检验。我们全力以赴，积极争取各方支持，排除一切阻碍，志在确保高三年级圆满完成高考任务，高二年级学考一次性合格率达到百分百，高一年级在全市综合排名中取得优异成绩。为此，我们与相关教师签订责任状，建立完善的奖惩机制，激励教师们为教育事业奋勇拼搏。

我们尤为注重发展专业教育，强调日语教学的特色。根据学校生源的实际情况，我们为文化基础较为薄弱的学生提供专业学习的宝贵机会，并鼓励他们从英语转向日语学习，以此提升考学成功的概率。同时，我们认真甄别优生资源，健全培优机制，让优生拥有强烈的荣誉感，让教师收获满满的成就感，让班级充满独特的存在感。

素质教育的内涵在华清不断得到深化，我们不仅聚焦于文化成绩的提升，更高度关注学生综合素养的培育。通过精心组织演讲、朗诵、写作比赛，以及唱红歌、演出课本剧等丰富多彩的活动，为学生搭建起展现自我的舞台，让他们在参与中发现美、传递美、创造美。

我们积极借鉴衡水中学的先进经验，用心打磨跑步路队文化，大力提升学校的精气神。整齐划一的步伐，嘹亮激昂的口号，充分展现出华清学子蓬勃的青春活力与昂扬向上的斗志。与此同时，我们全力完成招生任务，严格控制学生流失率，为学校的持续稳定发展提供坚实保障。

校刊《华清教育》作为学校文化的重要载体，继续承载着师生们的智慧与心血。全体教师围绕学校管理、课堂教学、校园文化和班级建设踊跃投稿，毫无保留地展示自己的学识与经验。经过精心编排，《华清教育》已然成为洪江市教育系统中极具影响力的精品刊物。

在硬件建设方面，我们加快征地工作的步伐，稳步落实宿舍建设，致力于为学生创造更加优质的学习与生活环境。同时，我们严抓管理，坚决杜绝安全事故，全力确保校园安全稳定。

为了实现这些目标，我们采取了一系列切实可行的具体措施。强化团队建设，精心培养行政班子、学科带头人和优秀班主任三支队伍，全面提升学校的管理与教学水平。强化课堂教学，构建课前、课中、课后三级评价督查体系，切实确保教学效果。强化高考、学考、期考三个目标，构建科学合理的评价体系，持续提升教学质量。

我们还强化"3+1"意识，合理规划课时，着力提升关键学科的教学效果；强化特长日语教学，为学生提供更多元化的选择；强化优生优教，为优秀学生营造良好的成长环境；强化校园文化建设，充分利用每周三下午的时间开展精彩纷呈的活动；强化劳动教育，传承耕读育人的优良传统；强化招生控流意识，构建紧密的家校交流平台；强化对外宣传，全方位提升学校形象。

在健康安全方面，我们始终保持高度警惕，健全安全制度，严格落实安全责任，确保校园安全无虞。

全体教师紧密团结在董事会和行政领导周围，深入学习新时代教育思想，不断提高政治站位。我们以更加开放包容的胸襟，勇敢地拥抱新时代教育教学的变革浪潮，以更加昂扬奋发的状态，奋力书写教育生涯的璀璨篇章。

如今，华清高级中学在教育的道路上稳健前行，越走越远，为培养更多优秀人才而不懈努力奋斗着。那些过往的日子，都已化作我们心中最珍贵的回忆。我坚信，在全体师生的共同努力下，未来的华清必将书写更加辉煌灿烂的明天。

教育：初心如磐，坚守为光

在宁静的清晨，那缕温柔的阳光，似灵动的精灵，悄然穿过窗帘的缝隙，轻盈地洒落在书桌上。我轻轻翻开那些微微泛黄的教育笔记，刹那间，往昔的岁月如潮水般涌上心头，思绪也不由自主地飘向了远方。身为一名普通的中小学教师，在无数个寂静的时刻，我都不禁思索：究竟要如何提升自身的教学素养，才能真正不辜负这三尺讲台所承载的神圣使命呢？

师德，无疑是教育领域那颗最为璀璨的明珠，在漫长的教育征途中，照亮着我们前行的道路。孔子曾留下千古名言："其身正，不令而行；其身不正，虽令不从。"这句话，仿若一记深沉的警钟，时刻在我耳畔回响。身为教师，我们的一举一动、一言一行，都在悄无声息地对学生产生着深远影响。或许只是一个真诚的微笑、一次充满鼓励的眼神，又或是一句不经意间的批评，都极有可能在学生的成长道路上留下深刻的印记。所以，我们必须从自身做起，从身边的点滴小事做起。以高尚的人格魅力去熏陶学生，让他们在无形之中受到感染；用整洁得体的仪表去影响学生，为他们树立良好的形象典范；以和蔼可亲的态度去对待学生，给予他们温暖与关怀；凭借渊博的知识去引导学生，引领他们在知识的海洋中遨游；以宽广包容的胸怀去爱护学生，让他们在爱的滋养下茁壮成长。唯有如此，学生才会真正地亲近我们，毫无保留地信任我们，进而热爱我们的课堂。倘若每位老师都能秉持"教学生三年，心系往后三十年"的强烈责任心，那么我们的教育事业必将繁花似锦。

敬畏法律，坚守底线，这同样是教育大厦不可或缺的基石。韩愈曾言："师者，传道授业解惑也。"教师的职责，远不止于传授知识，更在于塑造灵魂、培育人格。这就要求我们不仅要拥有扎实深厚的知识储备，更要有高尚纯粹的品德修养，而重中之重，是要有一颗对法律充满敬畏的心。国家对于违背师德师风的行为，始终秉持"零容忍"的坚决态度，任何人一旦触碰这条红线，必将受到应有的惩罚。我们务必时刻保持清醒，心中明确什么可为、什么不可为。现实中，已有太多令人痛心的教训。教师一旦"失德"，不仅会亲手毁掉自己的前程，还会让家人蒙羞受辱。所以，我们必须时刻自我警醒：心中长存敬畏，行动严守底线，这才是师德师风建设的核心与关键。

在教育这条漫漫长路上，我们还需要彼此相互监督，并且要勇于改过。孔子说："君子不重则不威，学则不固。主忠信。无友不如己者，过则勿惮改。"我们皆是凡人，犯错在所难免。然而，犯错并不可怕，真正可怕的是明知有错却不愿改正。我们应当静下心来，认真反思自身存在的问题，深入剖析背后的原因，进而制定切实可行的整改措施。常言道："当局者迷，旁观者清。"在这个过程中，我们离不开同事们的监督与帮助，唯有如此，才能更敏锐地发现问题，更高效地解决问题。大家不必为此感到难为情，因为在相互帮助、相互监督

校园一角

的良好氛围中，我们的教育环境才能日益优化。请记住，只有我们每一位教育工作者都不断成长、变得更加优秀，整个教育环境才会持续焕发出勃勃生机。

教育，是一项无比伟大且神圣的事业，我们肩负着培育下一代的重大使命。既然选择了教师这一职业，我们就应当努力让自己的灵魂更加高雅纯净。习近平总书记曾提出，教育工作者要回答好三个问题：为谁培养人？培养什么样的人？怎样培养人？这不仅是对我们的殷切期望与严格要求，更为我们的教育事业指明了前行的方向。我们绝不能将师德师风建设仅仅视为一项任务去敷衍完成，而应将其当作一种崇高的精神信仰，深深地融入我们的整个教育生涯之中。

在这个充满希望与生机的春天里，我仿佛看到了无数教育工作者在各自的岗位上默默耕耘、辛勤付出。他们用无私的爱与高度的责任感，生动地诠释着教育的真谛；用无穷的智慧与无数汗水，精心浇灌着祖国的花朵。在教育的道路上，我们或许会遭遇狂风暴雨的侵袭，但我们始终坚定不移地相信，只要我们坚守初心，用爱与责任去践行教育的神圣使命，我们就一定能够为孩子们撑起一片湛蓝无垠的蓝天。

教育，宛如一场温暖而意义深远的修行。让我们在这场修行中，始终牢记初心，不畏艰难，砥砺前行。

板书，点亮课堂的艺术之光

　　教学，宛如一场精妙绝伦的艺术盛宴，绝非仅仅是知识的单向传递，更是一场心灵的交流与美的熏陶。在这绚丽多彩的教学艺术画卷中，板书设计恰似一颗璀璨的明珠，其优劣与否，往往对课堂教学的成效起着举足轻重的影响。板书，是教师在教学旅程里，协同语言、媒体、教具等众多元素，运用文字、符号、图表，向学生传递知识信息的独特方式，是教学乐章中不可或缺的美妙音符。优秀的板书，犹如一把万能钥匙，具备概括性、条理性、启发性和生动性，能够瞬间点燃学生的学习热情，启迪他们的智慧，引领他们在知识的浩瀚海洋中自在遨游，让课堂教学如虎添翼，达到事半功倍的效果。

雕琢板书之美，把握设计真谛

　　在真实的课堂舞台上，教师若想让板书艺术大放异彩，不仅要精准地展现学科教学的核心内容，还要巧妙地揭示知识点之间千丝万缕的内在联系，突出重点、化解难点，助力学生轻松消化知识、深入理解教材。这就需要遵循一些关键的设计原则：

概括性：凝练知识精华

板书的内容应当如同从矿石中提炼出的纯金，精准无误地呈现教材的本意。它要聚焦于那些最能彰显教学目的、凸显教学重点的关键部分，文字力求简洁明了，以最少的言语传递最丰富的信息，让学生好懂易记，不会因繁杂的内容而感到负担沉重，也不会在理解上产生偏差与阻碍。

条理性：梳理知识脉络

板书的结构犹如一张精心编织的网，既要契合课文中作者思路发展的内在逻辑，顺着作者的足迹前行；又要与课堂教学进程的逻辑相呼应，与教学的节奏完美合拍；还要顺应学生认识课文内容时思维发展的逻辑，为学生铺设一条顺畅的认知道路。学科教师凭借清晰的思路，将课文中深邃的思想内涵、复杂的情感意蕴、多变的结构框架、精妙的语言艺术，以板书的形式，深入浅出、化繁为简、由远及近、从难到易地展现出来。如此一来，板书便能纲目分明，脉络清晰，让学生一眼望去，就能直观地把握课文重点，明确学习目标，不再在学习的迷雾中盲目摸索。

启发性：开启智慧之门

好的板书宛如一把神奇的金钥匙，交到学生手中，助力他们轻松打开所学课文的大门，让他们能够亲身去体验、去领悟，自主地去发现知识、掌握知识。教师在板书中要精心布局各个知识点，使它们在整个板书结构中都占据恰到好处的位置，呈现出清晰的层次性。板书内容应具有强大的启发性，以便在学生心中种下一颗思考的种子，促使他们展开丰富的联想，加深对知识的理解和记忆。

雕琢板书内容：聚焦核心，简洁条理

板书，作为课堂教学的关键环节，要真正发挥出它的巨大作用，就需要巧妙运用一些设计方法。

板书的内容堪称一堂学科教学的灵魂所在，它既囊括了一堂课的整体框架结构，又涵盖了学生必须牢牢掌握的知识点。因此，教师在进行板书设计时，需要特别留意以下几点：

抓住重点：锁定知识精髓

板书内容必须是课堂内容的精华浓缩，它应鲜明地体现出教学目的、重点与难点。板书就像是一堂课的导航灯，学生凭借它能迅速洞悉课堂的核心内容。所以，教师在设计板书时，必须深入钻研教材，反复琢磨，精准地抓住重点。

力求简洁：简约而不简单

依据板书的简约性原则，学科教学的板书应追求简洁之美。这要求教师在设计板书时，对教学内容进行高度提炼概括，做到语言简洁精炼，字字珠玑，如同画龙点睛般，用最简洁的表述传达最深刻的含义。

条理系统：构建知识网络

板书内容需按照一定的层次和顺序精心组织起来。有条理的板书，犹如为学生铺设了一条平坦的认知之路，便于他们理解和记忆成系统的内容，也像帮助学生搭建起一座坚固的知识大厦，有利于他们构建自己的记忆网络，大幅提高记忆效率。

塑造板书形式：美观多样，激发兴趣

优秀的板书形式，不仅是知识传播的桥梁，更是对学生进行审美教育的绝佳阵地。教师在板书时，应关注以下方面：

区分主次：打造清晰布局

为了方便学生记忆，教师在板书时可将黑板巧妙地划分为主板和副板两部分。主板部分的内容相对稳定，如同大树的主干，体现着板书内容的核心；副板部分则可根据教学的实际需求灵活设计，如同树枝般为教学增添灵动性。布局合理的板书，要注重构图美，教学内容主次分明、条理清晰，主板与副板搭配相得益彰，构图上下左右边距适宜，大小匀称，给人以协调美观之感。

书写规范：书写知识之美

书写优美是板书追求的至高境界。教师的板书应力求书写正确、工整、美观。工整的字迹、优美的字体以及适度变化的字形，就像一首优美的旋律，能深深激发起学生的美感，充分调动他们学习的积极性，更好地助力他们理解教材内容。

色彩搭配：点亮视觉盛宴

色彩搭配，也称作色彩映衬。根据板书设计的形象性原则，教师可依据教学内容和教学条件的实际状况，充分利用板书颜色的选择性原理，在板书时巧妙运用不同的色彩，并进行合理搭配。这如同为板书披上一件绚丽的外衣，能够极大地吸引学生的注意力，提高板书的利用效率。

融合科学艺术，共筑魅力课堂

板书设计，既是一门严谨的科学，有其内在的规律和原则；又是一门灵动的艺术，充满无限的创意与美感。它既要遵循一定的规则和方法，做到准确、详尽，将教师的教学意图淋漓尽致地展现出来；同时，又追求样式优美、简明活泼，给予学生高雅的艺术享受。教师在设计板书时，需综合考量教学内容的深浅、教学环境的优劣、学生兴趣爱好的范围等诸多因素，尤其要紧密结合学生的认知特点，融入自己对文章独特的理解，设计出新颖优美的板书。这样的板书，能够像磁石一般吸引学生的目光，激发他们的学习兴趣，训练他们的逻辑思维与感性思维，推动课堂教学不断向纵深发展，让每一堂课都成为知识与美的交融盛宴。

梨花风起，清明怀思

　　清明，这个承载着中国人慎终追远、礼敬祖先深厚人文精神的时节，宛如一首悠扬的古曲，在岁月长河中奏响。"祭如在"，于这一天，每一个人、每一个家庭，皆怀着庄严崇敬之心，缅怀先人，让中华民族那"日用而不觉"的古老文化基因，重新焕发生机。

　　今年的清明，因特殊原因，与往昔略有不同。有些地方，亲友无法如往常那般相聚，一同踏青扫墓。然而，先人的养育之恩，早已深深刻在我们内心深处。无论以何种方式，皆能以简朴而庄严之态，倾诉对先辈的无尽怀念。

　　每至这一天，人们总会踏入烈士陵园，轻轻为烈士们拂去墓碑上的尘土，那轻柔的动作里是后人对先烈深深的敬仰。今日的国泰民安，乃几代人接续奋斗的结果，每一位为此付出的先辈，都值得我们致以最深情的缅怀。这种超越血缘亲情的追思，正是深沉的家国情怀。我们缅怀那些倒在枪林弹雨中的先烈，亦铭记着和平年代里，守护我们生命财产安全、为我们缔造美好生活的当代英雄。就在不久前，四川省凉山州西昌市突发森林火灾，十八名扑火队员和一名向导，为保护人民生命财产安全，牺牲在扑火现场。他们的离去，让这个清明更添一份凝重……让我们向这些当代英雄，致以最崇高的敬意！

"哪有什么岁月静好，不过是有人替你负重前行。"你之所以看不见黑暗，是因为有人以血肉之躯，将黑暗阻挡在外；更有人用毕生心血，为你营造光明。今年的清明祭，我们尤为缅怀和致敬在过去一年里离我们而去的杰出教育人卢永根、李吉林、段正澄、卫兴华、宁津生、徐中玉、丁石孙、何家庆、张涌涛、高至凡。这些报时代以歌的师者，便是那为我们创造光明之人。他们虽走过不同的人生道路，取得各异的非凡成就，但他们有着共同的选择：紧跟时代、肩负使命、锐意进取，将自己的命运与国家和民族的命运紧紧相连。以时不我待的紧迫感、舍我其谁的责任感，主动担当，积极作为，刻苦钻研，为全面建成小康社会、建设世界科技教育强国奋力拼搏。他们堪称新时代师者的楷模，值得我们永远铭记与缅怀。

"天地英雄气，千秋尚凛然。"回首过往，那些为中华民族独立和解放而捐躯的人，那些为中华民族摆脱外来殖民统治和侵略而英勇抗争的人，那些为中华民族掌握自身命运、开创国家发展新路的人，那些在和平年代为共和国建设付出巨大牺牲的人，他们所展现出的堪称家国精魂和民族坐标的"英雄气"，是中华民族永恒的荣光。

追慕英烈们的"天地英雄气"，是为了更好地凝聚力量，继续奋勇前行。如今，培养担当民族复兴大任的时代新人，需引领青年学生自觉追慕先辈和同时代英烈那种迎难而上、挺身而出、自觉担当的

"天地英雄气"，让他们的人生在实现中国梦的奋进追逐中，展现出勇敢奔跑的飒爽英姿，努力成长为德智体美劳全面发展的社会主义建设者和接班人。

试卷讲评课：驱散阴霾，点亮智慧之光

试卷讲评课，宛如教学这幅宏大画卷中不可或缺的一笔，看似寻常，实则蕴含着巨大的能量。它犹如一面明镜，清晰地映照出教师教学的成效以及学生学习的真实状态。然而，在教学实践的漫漫长路中，我渐渐发现，这看似普通的一堂课，背后却潜藏着诸多容易被忽视的问题，我将其戏称为试卷讲评课的"十四煞"。若能巧用教学智慧，驱散这些"阴霾"，试卷讲评课必将化身为提升教学质量的有力武器。

分数公布：不止于数字，更见用心

有些教师在开启试卷讲评之旅时，只是简单粗暴地将分数公之于众，却忽略了分数背后那丰富的故事。分数，绝非仅仅是一个个冷冰冰的数字，它是学生学习过程的直观呈现，是他们努力与不足的映射。倘若教师能换一种方式，例如，用图表的形式展现分数的动态变化，让学生清晰地看到自己在学习道路上的前行轨迹，是进步还是退步，甚至将班级成绩与其他班级进行横向对比，如此一来，分数便不再是孤立的存在，而能成为引导学生反思与奋进的指南。同时，教师还应深谙"三讲三不讲"的智慧原则，即专注于讲解易混点、易错点、易漏点，而对于学生已然掌握的、能够自主学会的以及即便讲解也难以理解的内容，则果断舍弃。否则，宝贵的课堂时间会如流水般白白流逝，教学效果也会大打折扣。

牢骚与激励：情绪的抉择

当面对不理想的考试成绩时，教师心中难免会涌起焦急之情。但此时，若在讲评课上一味地发泄情绪，对学生横加批评，那无疑是在学生本就脆弱的心灵上雪上加霜，不仅会打击他们的自信心，更有可能让他们对这门学科的热情之火逐渐熄灭。《增广贤文》有云："以责人之心责己，以恕己之心恕人。"教师不妨设身处地地想一想，如果自己与学生一同参加考试，是否就能取得优异的成绩？语文教师是否能一气呵成地写出一篇毫无错别字、文从字顺的佳作？只有当教师学会换位思考，才能真正走进学生的内心世界，用激励的话语代替批评的利刃，为学生重新点燃学习的希望之光。

"一言堂"与共参与：教学的转变

在许多课堂上，教师习惯了唱"独角戏"，在讲台上滔滔不绝，从试卷的第一题讲到最后一题，却忽略了学生那一双双渴望参与的眼睛。真正的教学智慧，在于巧妙地引导学生主动思考、积极提问，让他们在探索知识的过程中不断提升自身素养。教师不妨放慢讲解的脚步，用心倾听学生内心的想法，甚至大胆地邀请学生走上讲台，亲自演绎解题的过程。怀化市教育局副局长曾讲述过一个令人深思的故事：一位体育老师跨界教授高三数学，在课堂上时常遇到难题"卡壳"，然而，正是这种意外，促使学生们纷纷主动上台演算。令人惊讶的是，最终这个班级的数学成绩竟然超越了专业数学老师所教的班级。这个故事如同一盏明灯，照亮了我们前行的道路，它启发了我们，教师的"一言堂"远不如学生的主动参与来得有效。

"对答案"与启思维：教学的深度

有些教师将试卷讲评课变成了单调乏味的"对答案"课堂，逐题宣读答案，却完全忽视了对学生思维能力的精心培育。而高明的教师则深知，分享解题思路才是打开学生智慧之门的钥匙，而非简单地给出答案。以2022年新高考Ⅰ卷的小说阅读题为例，教师不应仅仅机械地念出答案，而是要引导学生从主旨、人物、情节、环境等多个维度深入分析文学效果。通过这样的引导，学生学会的不仅仅是这一道题的解法，更是一种分析问题、解决问题的思维方式，这将对他们的学习产生深远的影响。

演绎归纳：串起知识的珍珠

试卷讲评课宛如一场知识的盛宴，需要一条清晰的主线将其串联起来，否则，就如同散落一地的珍珠，难以发挥其应有的价值。教师可以根据学生的错题原因或者知识点的漏洞巧妙设计教学思路。比如，将失分原因细致地划分为智力因素，如知识点掌握不扎实，以及非智力因素，像卷面不整洁、粗心大意等。对于卷面书写问题，教师不妨从高一开始就精心引导学生练习硬笔书法，甚至可以组织书法比赛，营造浓厚的书写氛围，让学生在潜移默化中养成工整书写的良好习惯。

层次分明：因材施教的智慧

优秀的教师如同一位智慧的领航者，会将试卷中的试题巧妙地划分为三个层次：简单题、中等题、压轴题，并针对不同层次的题目精心设计教学思路。简单题，可以让学生在课前自主订正，培养他们的自主学习能力；中等题，通过小组讨论的方式，让学生在思维的碰撞中解决问题，既提高了课堂效率，又培养了学生的团队协作精神；而压轴题，则由教师进行重点讲解，帮助学生突破思维的瓶颈。这种分层教学的方式，就像为不同需求的学生量身定制的成长方案，让每个学生都能在课堂上有所收获。

思维拓展：举一反三的奥秘

教师在讲评试卷时，应拥有一双敏锐的眼睛，具备拓展思维的意识，避免陷入就题论题的狭隘境地。例如，在讲解2020年全国Ⅲ卷的散文阅读题时，教师可以引导学生总结出分析文学效果的通用步骤，如分析核心意象、梳理组织材料、关注结构呼应等。通过这样的总结，学生能够从一道题中领悟到一类题的解题方法，真正做到举一反三，触类旁通，极大地提升学习效果。

重视压轴题：挑战与成长

压轴题，往往是试卷中的"明珠"，它综合性强，犹如一面多棱镜，全面考查学生的综合能力。教师应积极运用多种方式，助力学生理解压轴题的奥秘。比如，可以让学生复述解题思路，让优等生分享自己的解题心得，学困生在倾听中学习，在复述中巩固。对于语文作文这一压轴"大戏"，教师更不能轻易跳过讲评环节。以2021年新高考I卷的作文题为例，教师可以从多个层面深入剖析，探讨体育的重要性、辩证思维的运用，甚至从国家发展的宏大视角挖掘作文的深刻内涵，引领学生的思维迈向更高的层次。

纠错追踪：巩固知识的法宝

教师要善于引导学生建立错题集，这是他们学习过程中的宝贵财富。建立错题集并非终点，更重要的是进行同类巩固。教师可以巧妙地进行"回头考"，将学生曾经答错的题目稍作修改，再次让学生练习，通过这种强化训练，让学生对知识点的掌握更加牢固，真正做到"吃一堑，长一智"。

摒弃侥幸：踏实学习的指引

有些学生在考试中靠"蒙题"侥幸得分，教师若对此视而不见，无疑是在纵容这种不良学习习惯。高明的教师会在讲评后，及时引导学生订正"蒙对题"，并深入分析其中的原因。以文言文断句题为例，随着命题形式越来越灵活，学生唯有通过平时扎实训练，才能真正掌握这一知识点，告别侥幸心理，踏上踏实学习的正轨。

专题反思：心灵与知识的对话

讲评课后，教师应引导学生撰写考后小结，这是一次学生与自己内心的深度对话，也是对考试得失的全面反思。这种反思，不仅能够帮助学生梳理知识体系，提升知识水平，更能触及他们的心灵深处，让他们在反思中成长。教师可以定期检查学生的反思文章，挑选优秀作品在班上分享，让学生在相互学习中共同提升。

关注个体：因材施教的体现

教师在讲评试卷时，心中应时刻装着每一位学生，充分考虑他们的个体差异，设计有针对性的教学内容。对于优等生，可以重点关注他们作文水平的提升，为他们提供更具挑战性的学习任务；而对于学困生，则从基础知识点入手，一步一个脚印，帮助他们夯实基础。这种因材施教的方式，就像为每一朵花提供适宜的阳光和雨露，让每个学生都能在自己的节奏中绽放光彩。

助力优者：拓展提升的途径

优等生犹如一群渴望飞翔的雄鹰，他们需要的不仅仅是解题技巧的训练，更重要的是逻辑思维的深度培养。教师可以让优等生讲解压轴题，在讲解的过程中，他们的思维得到进一步梳理和拓展。同时，引导他们阅读文学名著，拓宽视野，丰富知识储备，让他们在帮助他人的过程中，不断提升自己的综合能力。

告别照本宣科：激发思维的活力

在试卷讲评课中，最无效的方式莫过于教师照本宣科地念读标准答案，学生机械地抄写。这种模式就像一潭死水，既浪费宝贵的课堂时间，又严重拉低了教学水平。教师应积极引导学生思考解题思路，鼓励他们大胆质疑，勇敢表达自己的观点。

试卷讲评课，这面映照教学成绩与不足的镜子，等待着教师用智慧去擦拭，去照亮学生前行的道路。当教师能够巧妙地运用教学智慧，化解这"十四煞"时，试卷讲评课必将化腐朽为神奇，成为提升教学质量的强大利器，这不仅是教育的智慧，更是对学生深深的责任与关爱。

肆　苗圃耕耘

　　你以为自己是这世上最苦命的人，可你未曾见过，有多少人在无尽的黑暗中咬牙坚持，熬过那些暗无天日的时光，才终于苦尽甘来。

　　他们并非比你更幸运，只是比你更能"熬"。

逐梦中考，共绘青春华章

——2023年中考动员大会

在初春的暖阳下，我们齐聚于洪江市华韵实验学校的校园里，共赴一场意义非凡的盛会——2023年中考动员大会。此刻，空气中弥漫着青春的气息，仿佛能清晰感受到那百米冲刺终点处的温暖目光与鼓励，它们如同阳光般洒在心间，等待着我们凯旋。同学们，中考的征程已然开启，我们唯有如勇士般披荆斩棘，向着目标勇往直前。

时光飞逝，中考的脚步愈发临近。距离那意义非凡的时刻，仅剩短短112天。冲刺的号角即将吹响，我们该如何在这有限的时光里，实现逆袭，书写属于自己的辉煌呢？

明确目标，点亮前行灯塔

有人这样说过："心有多大，舞台就有多大。"目标，是夜空中最亮的星，指引我们前行的方向。同学们，请尽快明确自己的中考目标吧！将理想的分数郑重写下，放置于最显眼之处，让它时刻提醒自己，鞭策自己。我们要学会将大目标拆解为一个个小目标，沿着阶梯步步攀登，才能稳步迈向成功。

提振精神，铸就坚强铠甲

中考，是一场没有硝烟的战争，它不仅考验我们的知识，更考验我们的勇气与毅力。哲学家说："奋斗就会有艰辛，艰辛孕育新发展。"同学们，让我们振奋精神，激励斗志，增强信心，鼓足勇气，敢于拼搏，坚持到底。只要尚存一线希望，就要付出百倍努力，让生命在这112天里绽放出最绚烂的光彩。

制定策略，铺就成功之路

中考备战，需要我们脚踏实地，一步一个脚印地前行。课堂之上，同学们务必端正态度，全神贯注，认真对待每一次复习。同时，要懂得适度给自己加压，并将压力转化为动力。倘若某次考试取得了理想的成绩，切不可沾沾自喜，而要敢于为自己设立更高的目标，不断挑战自我。

珍惜时光，把握梦想契机

"时不我待，只争朝夕。"同学们应以每日倒计时的方式，增强紧迫感与危机感。我们已没有时间再去打瞌睡、闲聊，更没有时间去沉迷游戏。在这至关重要的112天里，若想成功塑造一个全新的自我，就必须秉持对自己一生负责的态度，牢牢把握好每一天，珍惜好每一分每一秒。

五点要求，助力复习征程

1.盯紧课本，夯实基础：中考的基础题占比约80%，只要我们认真对待每一个基础知识点，深入挖掘，广泛拓展，建立起知识点之间的紧密联系，成绩自然水到渠成。

2.重视总结，查漏补缺：善于总结，方能及时发现问题，取得突破。每次考试结束后，同学们切不可将试卷随意丢弃，而应妥善保管，分类整理。过一段时间，同学之间可以相互出题检测，巩固所学。

3.强化训练，规范答题：每一个科目的主观题都有一定的规范要求。若不遵循这些规范，就极易掉进出题者设置的"陷阱"。大家一定要注重书写字迹的工整清晰，避免因书写问题导致扣分。

4.调整心态，轻装上阵：在给自己加压的同时，也要学会适时减压。周末时，可以选择远足、购物、劳动或与同学聊天散心，为紧张的学习注入轻松的氛围。

5.劳逸结合，锻炼体魄：同学们要高度重视自己的身体健康。每天匀出时间进行体育锻炼，不仅能强健体魄，还能为学习注入源源不断的活力。

同学们，你们并非孤军奋战。在你们的身后，有校领导的亲切关怀，有同学们的互帮互助，有父母的悉心后勤保障，更有老师们始终坚守阵地，与大家并肩战斗。作为老师，我们会深入研究中考，科学备考，精心备课，认真上好每一节课，确保每一位同学课课有收获，节节有提高。

同学们，中考是人生中极为重要的转折点，唯有成功跨越它，我们才能欣赏到更加美丽迷人的风景。如今，中考的冲锋号角已然吹响，让我们携手并肩，风雨兼程。无论过去的成绩如何，都请学会"清零"，在这距离中考仅有112天的起跑线上，重新整装待发，振翅高飞。

相信自己，肯定自己，超越自己，创造自己。让我们齐心协力，以必胜的信心、坚定的决心、卓绝的努力、扎实的作风、坚韧的毅力，共同书写人生的崭新篇章，共同铸就华韵实验学校中考的新辉煌！

同学们，"大鹏一日同风起，扶摇直上九万里。"请坚信，胜利必定属于你们，属于我们！

熬出高中岁月的璀璨光芒

在青春的长河中，高中三年宛如一场漫长的修行，充满了挑战与磨砺。这是一段需要"熬"的时光，而"熬"，并非对命运的妥协，而是生命升华的必经之路。

学习之路固然艰苦，但不学习的人生或许更加苦涩。高中三年，是人生重要的转折点，我们需要有足够的信心和思想准备，去面对那些看似无尽的艰难与挫折。熬得住，便能出彩；熬不住，只能出局。当我们以为自己是世界上最苦命的人时，却未曾看到，有多少人在无数个暗无天日的时光中，默默坚持，最终苦尽甘来。他们并非比我们更幸运，只是比我们更能"熬"。

人生不如意之事十之八九，关键在于我们是否能熬得住。熬，不是逆来顺受，而是在困境中积蓄能量，等待生命升华的那一刻。有些人熬着熬着，成功了；而有些人熬着熬着，在中途迷失了方向。生命不是我们创作的作品，生活才是生命的作品。人生总有不如意之时，就像月有阴晴圆缺，人有旦夕祸福。所以，不要抱怨怀才不遇，也不要抱怨生不逢时。正如越王勾践，卧薪尝胆，三千越甲终可吞吴。这是命运对坚韧者的馈赠。

　　人生是一场漫长的马拉松，很多时候需要我们去"熬"。熬的过程看似辛苦、窘迫，实则是在充电、进取。竹子在熬了四年时间后，仅长了三厘米，但从第五年开始，它却以每天三十厘米的速度疯长，仅用六周时间就长到了十五米。熬，是海纳百川，有容乃大。竹子若熬不过那最初的三厘米，又怎能有后来的六周长十五米的奇迹？熬，是对命运的抗争与掌控。有些人得了绝症，悲观认命者不久便离世，而积极乐观者却能让绝症奇迹般消失。能不能掌控自己的命运，取决于我们的人生态度。熬，是生命最好的磨石。

　　在我们身边，总有一些人，他们沉得下心，耐得住寂寞，从不轻言放弃。或许他们没有干出惊天动地的大事业，但在人生的道路上，他们已是赢家。熬得久了，心性磨炼得坚韧，即便在百折千磨中，也能成为可以被打倒却绝不会被击垮的人。马云若熬不过阿里巴巴的前

2022 年誓师大会

期岁月，又怎能有后来的商业帝国？褚时健若熬不过橘子长成的十年，又怎能有后来的创业成功？熬，是生命赐予的最好礼物。

没有经历过"熬"的人，怎会懂得"站着说话不腰痛"的道理？熬，是上天赐予我们与自己灵魂对话的机会，是"天将降大任于是人也"的先兆。在艰难岁月中熬得住，才会有柳暗花明的转机。我衷心地劝告你，当你为未来打拼，感到迷茫、看不到尽头时，请相信，度过了这段努力的日子，岁月终会回报你一切。

其实，任何值得去的地方，都没有捷径。人生往往会经历三次成长：第一次是发现自己并非世界的中心；第二次是发现即使再怎么努力，终究还是有些事无能为力；第三次是明知道有些事无能为力，却依然会竭尽全力。所谓迷茫，不过是才华配不上梦想，大事干不了，小事又不肯干。但你必须明白，小事不肯干，大事也轮不到你。趁你跌倒还能站起来的时候，先学会脚踏实地。

在高中这段旅程中，同学们既是竞争对手，也是终身的朋友。高考之后，很多人或许再无交集。对待同学，要尊重对手，珍惜朋友。同学间合得来则往往形影不离，合不来也不要勉强，和而不同，宽厚相待。在中学，最重要的能力是自主学习。对于同学，首先要学习他们的优点，但不要盲目跟随，要坚持自己的学习节奏，不要慌乱。不要去操心同学的生活方式，他每天上课走神、追剧、打游戏，那不关你的事。如果你的同学天天谈恋爱、泡球场还能拿满分，那只能说明他是神，而你是人。

同学间还容易出现"勤奋歧视"，当你努力学习时，别人可能会冷嘲热讽。但请一笑而过，因为他们不会为你的未来负责。同样，也不要"歧视"那些比你更勤奋的人。把所有老师都看成最优秀的，如果你做不到，至少也不要因老师的原因而自废武功。记住，只有状元学生，没有状元先生。你无法选择老师，但你可以选择相信老师，因为只有相信，才能在任何困难的情况下坚持下去。

高考政策基本定型，孩子的未来需要家长的陪伴与规划。老师的作用虽大，却也还需要家长的用心陪伴。老师精力有限，往往无法及时顾及每一位学生。所以，你必须主动请教老师去化解你的疑惑。

考试以分数论英雄，未来则以才华平天下。如果你连足够的分数都挣不到，又怎能让人相信你有过人的才华？高考，正是需要你"熬"的机遇。熬得住，出彩；熬不住，出局。高考是一场漫长的修行，需要我们用坚韧和毅力去书写。加油，坚持！请相信，你今天吃的苦，最终都会化作光芒，照亮你明天的路。

以爱为笔，绘就班级华章

在教育的田野里，班主任如同一位辛勤的园丁，用爱与智慧浇灌着每一株幼苗。良好的班风，是班级教育教学顺利进行的基石，而班主任的用心，则是塑造良好班风的关键。从接过班级档案的那一刻起，我便深知，每一位学生都是一颗独特的种子，需要用心去培育，用爱去呵护。

军训的号角吹响了新班级生活的序幕，也是塑造良好班风的绝佳契机。在与学生朝夕相处的日子里，我一方面通过军训提出纪律要求，另一方面通过沟通增进师生之间的友谊。我们一起制定了班级的奋斗目标：学会做人、学会学习、学会合作、学会感恩，并提出了"今天我以054班为荣，明天054班以我为荣"的班训。这不仅是对学生的期望，更是对班级未来的美好憧憬。

用勤奋开启智慧之门，是我始终坚守的信念。我常常思考班级中出现的新问题，积极探索解决问题的方法。班主任的工作是常抓常新的，面对形形色色的问题，我主动向老教师请教，查阅班主任工作方面的文章，取长补短，不断丰富自己的管理经验。

我用眼睛去观察班级中的每一个细节，因为任何不良现象都不会无迹可寻。作为班主任，虽不能有火眼金睛，但至少要做到察言观色。通过对学生异常情况的留意，及时发现不良苗头，防止不该发生的事情发生。我用嘴巴去交流，把学生当作朋友，真诚地与他们沟通。询问他们的学习情况、家庭情况，探讨他们关心的话题，拉近与他们的距离。真诚交流，让同学们愿意把心里话说给我听，而我也在倾听中更好地了解了他们。

用爱心浇灌集体之花，是我始终不变的情怀。陶行知先生曾说："捧着一颗心来，不带半根草去。"这句话始终激励着我。喜欢好学生容易，但面对那些经常惹麻烦的学生，却需要更多的耐心和爱心。班里的沈同学，军训时因踢门受到批评，开学后又因参与敲诈受到警告处分。上课不是讲话就是睡觉，作业基本不做。面对这样的学生，我没有放弃，而是倾注大量精力，从练习站姿到技能训练，循循善诱。虽然他和其他同学仍有差距，但我欣喜地看到他在一点点进步。每一个学生都是正在成长的幼苗，需要教育和引导，而我，愿意用爱心去呵护他们成长。

用技能树立自信之心，是我对学生们的期望。我鼓励学生们笨鸟先飞，从一开始就抓紧时间练习。发到学习机的第一天中午，我们就开始练习字符，两周后背诵五笔字型的字根表，十一长假过后，我们就开始进行字根练习，并很快进入文章输入的练习。我以身作则，提前背出字根和高频字，并把学习经验分享给学生们。我还告诉他们，五笔字型是有规律的，比如横、竖、撇、捺、折都在固定的区域内，一横在第一区第一键，两竖在第二区的第二键……这些规律让学生们更容易掌握技能。

　　我用目标激励学生，每周设定一个打字速度目标，达到目标的学生可以按时回家，未达到的学生则继续练习。从最初的每分钟十个字，到如今的每分钟五十个字，每一阶段目标的实现都增强了学生们学好技能的信心。

　　教育是一场漫长的旅程，班主任的用心、爱心和耐心，是引领学生们更好地走向未来的灯塔。在与学生们共同成长的日子里，我用勤奋开启智慧之门，用爱心浇灌集体之花，用技能树立自信之心。我相信，这些努力终将化作春泥，滋养学生们绽放出属于他们的生命花朵。

人文氧吧——《华清教育》

在早春的微寒中，春风拂过大地，万物复苏，绿意渐浓。在这个充满生机的时节，《华清教育》带着无数人的期盼，再次焕发生机，宛如一位重生的新生儿，被我们小心翼翼地捧在手心，期待她能活泼、健康地成长。

虽然名为"重生"，但《华清教育》依旧保持着新生事物的稚嫩与纯粹。她的归来没有喧嚣与浮躁，内容依旧朴实而亲切，如同一位老友，用温暖的话语诉说着熟悉的感动。华清人用炽热的心和务实的行动，抛弃一切繁杂的形式，回归期刊的本质意义，让这份刊物重新焕发出生命力。

在这个全球经济飞速发展的时代，我们深切地感受到外界的压力。知识经济的浪潮正深刻地影响着社会的每一个角落，新生事物层出不穷，变化之快令人目不暇接。华清教育事业的发展，必须紧跟时代的脉搏。华清人怀揣着时不我待的紧迫感，在学习中追赶，在奋斗中思考，在创新中凝练。我们秉承"团结、拼搏、务实、创新、高效、成功"的精神，以"知行合一，德艺双馨"为校训，以"博学儒雅，志存高远"为校风，致力于培养"终身运动者、责任担当者、问

校园一角

题解决者、生活优雅者"，让每一位学生在人文滋养中实现个性成长。

　　《华清教育》不仅仅是一份刊物，更是一个思想交流的平台。在这里，我们共同探讨教育的真谛，碰撞出智慧的火花。我们在思考中品味生活的滋味，在奋斗中砥砺意志，在沟通中留下真诚的痕迹，在交流中启迪智慧的光芒。她如同一扇窗，展示着华清的形象，凸显着华清的人文精神，让每一个接触华清的人都能感受到其蓬勃的活力和文化的魅力。

　　华清学校，林木茂密，绿意盎然，宛如天然氧吧，为师生们提供着清新的空气和宁静的心灵栖息之所。而《华清教育》，则肩负着更深远的使命，她应成为我们的人文氧吧，滋养我们的心灵，丰富我们的思想。我们每一个人都应满怀激情，关注她的成长，期待她从稚嫩走向成熟，从蹒跚走向稳健。

　　愿《华清教育》在这片充满希望的土地上茁壮成长，成为华清精神的灯塔，照亮我们前行的道路。

"心得"为何成了"心病"

　　三月的微风拂过校园，带着一丝慵懒的暖意。我正准备前往教学楼的教师办公室，却在二楼办公室门口，被一声长叹和高呼止住了脚步："又要写心得！真烦！真烦！这心得都成了我的心病了！"那声音中满是无奈与疲惫，让我心中不禁一颤。

　　我默默地停下了脚步，没有勇气直面那位老师。内心却如波涛般起伏：那些我满怀善意、被责任感推动的事情，为何竟成了老师们心中的"心病"呢？我带着满心的困惑退回楼下，开始思考：学校要求教师撰写心得体会的初衷，错了吗？老师们真的不愿意写下这些随笔吗？

　　带着这些问题，我走访了人事、政教、教导等部门，试图了解教师们对写心得的真实想法。结果却让我大吃一惊：原来，全校有50%的老师对写心得体会不理解，认为没必要；10%的老师觉得没时间写；12%的老师甚至觉得没有心得可写……难怪那些我一再督促的任务，老师们总是心不在焉，交上来的"心得"也大多是千篇一律、干瘪乏味，毫无亮点。

　　"心得"究竟是什么呢？它是我们在学习、实践活动中获得的知识、技能、道理，是我们体验和领悟到的东西。早在《吕氏春秋·先己》中就曾提到："故心得而听得，听得而事得。"心得，是播种后的收获，是成长中的苦涩，是思想中的火花，是生活中的感慨……它是我们在人生道路上留下的足迹，是我们为未来书写下的记忆。

然而，为什么我们总是难以把握住那一颗"心"呢？其实，"心"就像一个调皮的孩子，总是不安于现状，总是左冲右突。它一会儿欢欣鼓舞，一会儿又跌跌撞撞。但我们的目标，却在前方。就像一粒种子，跌落在泥土中，需要我们用心去拾起它，把它种进春天的土壤，小心翼翼地浇水、施肥、除草。就像一棵被踩折的幼苗，我们需要用心去扶起它，为它撑起一片天空，让它在风雨中挺直脊梁。

当我们对一粒种子用心时，秋天就会收获硕果；当我们对一棵小树用心时，伐木季就会得到栋梁；当我们对一个孩子用心时，未来就会收获无悔。心得，不拘泥于篇幅长短，只需要有感而发。它不是华丽的辞藻，而是真实的记录，是我们生命中的诗篇。

老师们，我们每天都在问学生："你们学到了吗？""你们有什么体会？""有什么感想？"那么，当我们用同样的问题反问自己时，我们又该如何回答呢？当一个人在学习和生活中没有体会、没有感悟、没有"心得"时，他的未来又将何去何从？

让我们用最真挚的心去对待生活吧！让我们用最纯粹的行动去见证成长吧！在人生的道路上，只有那些认真思考的人，才能悟出生命的真谛。心得，从来不是负担，而是我们成长的见证，是我们生命中最美的诗篇。

"双减"之下的教育新韵

在教育的田野上，春风吹拂，万物生长。如今，中小学教育在"双减"政策的引领下，正迎来一场深刻而美好的变革。这不仅是对教育决策层智慧的考验，更是一线教师们必须用心书写的答卷。在这样的背景下，我们如何才能让教育焕发出新的生机呢？

教材：在传承与创新中寻找方向

教材，是教师手中的罗盘，指引着教学的方向。每一次教材的修订，都是对知识体系的一次深刻梳理。作为一名教师，我们需要像考古学家一样，去挖掘教材背后的时代背景，去探寻知识的源头。当我们在高中语文课本中看到古诗文的篇幅逐渐增加，我们看到的不仅是文字的堆砌，更是国家对传统文化的重视。那些古文，如同历史的回声，提醒着我们文化的根脉。而当我们在现代科学课文中看到对前沿科技的探讨，我们又看到了时代跳动的脉搏。教材的每一次变化，都是在告诉我们：教育，需要与时俱进，需要在传承与创新中找到平衡。

学情：以学生为本，因材施教

每个学生都是一颗独特的种子，有着不同的生长节奏和需求。学情分析，就像是为每一颗种子量身定制的阳光和雨露。我们不仅要了解学生的知识基础、能力水平，更要关注他们的兴趣、困惑和潜力。当我们在课堂上看到学生对某个知识点的困惑时，那正是我们因材施教的契机。我们可以通过一个故事、一首诗，甚至是一次实验，去点燃他们的好奇心，去引导他们跨越困难。就像杜甫的《登岳阳楼》，对于学生来说，他们或许早已熟悉诗圣的名号，但如何让他们真正理解诗中的忧国忧民之情，如何让他们在诗的意境中感受到语言的张力，这需要我们用心去设计每一个教学环节。因为，教育的本质，是让每一个学生都能在知识的田野上自由奔跑。

目标：在细节中追求卓越

学习目标，是教育的灯塔，照亮学生前行的道路。在新的教育背景下，目标不再仅仅是知识的传授，更是能力的培养、价值观的塑造。我们可以将目标细化为单元目标、周目标，甚至是日目标。每一个小目标的达成，都是学生成长的基石。就像在语文教学中，我们可以将古诗词鉴赏、文言文阅读、现代文写作等分别设定目标，让学生在每一个板块中都能稳步提升。而在这个过程中，教师的责任心显得尤为重要。我们需要像园丁一样，精心呵护每一个目标的实现，让学生在细节中追求卓越。

问题：在思考中启迪智慧

课堂，是思维碰撞的舞台。一个好的问题，就像一颗投入湖中的石子，能激起学生思维的涟漪。教师的任务，是设计出那些能触动学生心灵的问题。这些问题可以是实际生活中的困惑，可以是对未来世界的畅想，也可以是对经典文化的解读。当我们在课堂上提出"如何在团队中发挥自己的优势"这样的问题时，学生会在思考中学会合作；当我们在文学课上探讨"什么是真正的英雄"时，学生会在讨论中理解人性的光辉。问题导向的教学，不仅能激发学生的思考，更能培养他们的逻辑思维能力和解决问题的能力。因为，教育的最终目的，是让学生学会思考，学会生活。

合作：在交流中共同成长

合作交流，是现代教育的重要理念。它不仅仅是小组讨论的形式，更是一种团队协作的精神。在合作中，学生可以互相启发，互相学习。当一个小组在展示他们的成果时，其他小组可以通过提问、反驳，来进一步完善自己的观点。这种良性竞争，不仅能激发学生的积极性，更能培养他们的团队意识。而当我们将学生的合作成果整理成集子、图表时，这些成果不仅记录了他们的成长，更成了班级文化中的瑰宝。因为，教育的真谛，是让学生在合作中共同成长。

分层：在差异中寻找平衡

每个学生都有自己的节奏和潜力。分层教学，就是尊重这种差异，为每个学生提供适合他们的教育。对于优等生，我们可以引导他们自主探索，挑战更高的目标；对于中等生，我们可以给予适当的点拨，激发他们的潜能；而对于学困生，我们需要更多的耐心和鼓励，帮助他们树立信心。就像在知识的海洋中，我们为每个学生提供不同的船只，让他们都能找到属于自己的航线。因为，教育的意义，是让每个学生都能在自己的道路上发光发热。

在"双减"背景下的教育改革中，我们面临着无数的挑战，但更有着无限的可能。让我们用心去分析教材，用心去了解学生，用心去设定目标，用心去设计问题，用心去组织合作，用心去实施分层。因为，只有当我们用心去耕耘，教育的田野上才能开出最美的花朵，结出最丰硕的果实。

唯有早规划，奋斗才清醒

在青春的路口，我们常常迷茫于未来的方向。《中庸》有云："凡事豫则立，不豫则废。"人生如同一场漫长的旅程，而规划则是照亮前路的明灯。在这个信息爆炸、价值多元的时代，高中生该如何为自己的人生做好职业规划呢？

西方有句谚语："如果你不知道要到哪儿去，那通常你哪儿也去不了。"当我们对未来感到迷茫时，不妨停下脚步，澄清思绪，将未来的人生道路当作一场战略来经营对待。我们需要审视自己的优势与资源，明确未来的方向，分析社会的发展趋势，并思考如何与之匹配。只有这样，我们才能在人生的舞台上找准自己的位置。

目标规划好了，该如何付诸行动呢？心理学家詹姆士曾说："用20%的时间处理眼前的紧要事情，而把80%的时间留给未来，去做那些暂时没有收益但以后会更有价值的事情。"高中三年，是成长成才的关键时期。我们应努力把握自我，在思考中确立自我，在挑战中超越自我，明确奋斗方向，奠定事业基础。如果没有一个明确的目标，特别是在高中阶段，那么做起事情来就会一团糟。经常听到同学们说："今天真无聊！"无聊是因为没有目标，不知道该做什么。

哈佛大学曾经做过一次关于目标规划对人生产生重大影响的调查。调查对象是一群智力、学历、生活环境等条件都差不多的年轻人。结果发现：3%的人有清晰且长期的目标规划；10%的人有清晰但比较短期的目标规划；60%的人目标规划模糊；27%的人没有目标规划。时间很快到了二十五年以后，结果让人感到无比震惊：那些受调查比例只占3%但有着清晰和长远规划的人，二十五年以来从来不曾动摇过自己的人生目标，并朝着同一个方向努力，几乎都成为社会各界的顶尖成功人士；那些受调查比例占到10%、只有短期目标规划的人，大都生活在社会的中上层；而那些受调查比例达到60%、短期目标不断实现的人，生活状态稳步上升，成为各行各业的专业人士；最遗憾的是剩下那27%的人，都是那些二十五年来从没有确定目标规划的人，他们几乎都生活在社会的最底层，生活不如意，且常常抱怨他人、抱怨社会。

其实，人的一生面临着很多选择，规划自己人生的过程也是一个进行选择的过程。而一旦选择了，重要的还在于务必坚持到底。很多时候，我们发现做规划容易些，但实施起来会有一定的难度，有时甚至感到迷茫。这个时候就需要我们学会坚持。当努力坚持达到一定的程度，所谓量变引起质变，成功就会悄悄来临。

人生规划既是一张帮你实现终生目标的时间表，也是一张实现那些影响你日常生活的无数更小目标的时间表。人生规划的设计目的是要使你的注意力集中起来，在一个特定的时间范围里充分地发挥你头脑的智慧，调动你体力的优势。事实上，注意力越集中，脑力和体力的使用就越有效。科学的人生规划，能够合理地分配你的精力。

生涯规划的三要素是：知己、知彼和抉择与行动。知己，就是理解自己的水平、性格、兴趣、人格特质和价值观；知彼，就是了解社会及经济发展趋势、行业就业状况、未来就业机会；抉择与行动，则是做决定的技巧、勇气、毅力，有计划地采取行动。

人生规划设计的六个步骤如下：

第一步，确定你人生的目的地在哪里。面对失败，我们感到失落，产生压力。如何将压力变为动力继而更好地去面对未来呢？高中生正处于人生的十字路口，在这关键的时刻必须重拾自信，尝试规划自己的人生，并为之不懈地努力。高中阶段最直接的目标就是考上理想的大学，那么高中三年如何为高考做准备呢？我们必须在知识层面上准备充分，还要根据未来想从事的职业，为选择一个合适的大学专业做好准备。要提前了解各行业的发展趋势，还要尽早了解社会需求，切忌封闭地想象外面的世界。若你对社会不了解，没有企业会给你机会。确定正确的人生方向，用科学的方法做正确的事情，才能梦想成真。

第二步，通过什么样的方式你能达到目的？你的资源在哪里？有目标学习才会有动力。在国外，有关人生规划的教育是从小学开始的，伴随着孩子的成长历程而持续进行，规划范围包括生活、学习、职业等。国内目前大多在高校才开始开展人生规划教育，整个社会缺乏对中学生个人发展的关注，社会的急功近利也让孩子们理想缺失。所以，不要盲目地为了学习而学习，而应该找准定位并为之努力。

第三步，我要如何做出计划？首先，分析你的需求。不妨开动脑筋，写下十条未来五年你认为自己应做的事情，要确切，但不要受限，不要顾虑哪些是自己做不到的，要给自己的头脑充分的想象空间。其次，分析自己的性格、所处环境的优势和劣势，以及一生中可能会有哪些机遇，职业生涯中可能会有哪些威胁。这就要求你试着去理解并回答自己这个问题：我在哪儿？再次，合理对待长期目标和短期目标。根据你认定的需求，自己的优势、劣势，可能的机遇来勾画自己的长期、短期目标。例如，如果你分析自己的需求是想授课，赚很多钱，有很好的社会地位，那么你可选的职业道路会明晰起来。你可以选择成为管理讲师，这要求你的优势包括丰富的管理知识和经验，优秀的演讲技能和交流沟通技能。在确定了这个长期目标以后，你可以制定短期目标来一步步实现。最后，写下阻碍你达到目标的自身缺点、劣势。这些缺点一定是和你的目标有联系的，而并不是分析自己所有的缺点，可能是你的素质方面、知识方面、能力方面、创造力方面、财力方面或是行为习惯方面的不足。当你发现自己不足的时候，就下决心改正它，这能使你不断进步。

第四步，找出在计划中哪些事情最难做到。美国孩子从六岁就开始有了职业意识的开发，职业生涯发展指导贯穿小学、中学和大学，孩子从小学开始就在为自己长大后要从事的职业进行知识、技能、综合素质上的准备，并为提高综合素质而参加各种各样的志愿活动、职业体验、兼职工作。然而，我国中学生虽然都有自己的人生理想，但意识到如何实践自己人生理想的学生只是极少数，"好好学习，考个好大学"仍是大多数学生的唯一出路。一项对在校大学生的调查显示，70%的大学生对自己所学专业不满意，一些大学校园内为此出现了专业"跳槽"现象，还有一些大学生甚至毕业时都不知道自己将来要从事什么职业。

第五步，付出努力，并定期进行检讨，我什么地方做得不好？为什么？在人生规划教育的实施过程中，最根本的指导思想应当是唤醒并激活学生的自我意识，把"自己的人生自己掌握、自己设计"这一思想传达给每一个学生。通过对学生"自我人生规划设计"的引导与辅导，帮助学生形成正确的心理定向，尽早确立自己的人生发展方向，从而形成在未来学习中的清晰指向。通过一系列主要由学生参与的活动设计，使其自觉地将在中学阶段的学习与个人的长远人生规划联系起来，最高效率地完成中学阶段的自我培养计划。同时培养自己认识自我、设计自我、调控自我、评估自我的能力，以期在未来走入社会生活之后，顺利地面对来自四面八方的困难。

第六步，修正自己的计划，坚持目标走下去。人生定位是确认自己人生的理想和目标，即确认你自己应当成为什么样的人。不同的人、不同的情形会有不同的定位。人生定位很重要的工作是找到一个或几个理想人格、理想人生的榜样人物，进行综合比较最终确定，为自己树立一个代表追求目标的参照体系，并为此持续努力，获得真正的成功。

李白诗云："长风破浪会有时，直挂云帆济沧海。"刘禹锡说："沉舟侧畔千帆过，病树前头万木春。"我们要相信自己的信仰，相信青春的梦想，相信奋斗的力量！向前走！无畏少年！

班主任的不一样

　　我常常想起那首歌："咱当兵的人有啥不一样，只因为我们都穿着绿色的军装……"当兵的人与普通人不一样，因为他们肩负着保家卫国的使命。而我，作为一名班主任，也在思考：我们班主任到底有啥不一样？

　　我第一次当班主任是在1997年，那年振华学校刚成立，我只当了一个月的"临时"班主任。真正开始担任班主任是在2001年8月。那时，我刚从北京回来，杨主任让我接手旅游26班，同时还要教语文和应用写作。对我来说，这几乎是临阵磨枪——我从未正式当过班主任，也没有任何教学经验。但在董事会的"强大攻势"下，我半推半就地接下了这个任务。

　　那段时间，我常常苦思冥想，不知从何下手。学校要成立两个旅游班，旅26班由谭金梅带，旅27班由我带。分班时，学校还搞了个"小竞赛"：哪个班人数多，就说明哪个班主任更有魅力。我没有任何经验，但作为董事会成员，又怕出丑，于是拼命利用自己当过兵的优势和唱歌唱得好的特长，在军训中树立形象、拉近与学生的距离。结果，我班人数最多，高达87人。教室小得连学生上课都站不起来，

2024 年师生徒步

谭金梅还笑话我"自找麻烦"。可我却暗暗下定决心：一定要带好这个班。

就这样，我当了两年班主任，还当出了瘾。不到一学期，24班的班主任辞职，我又接下了这个班。2002年下学期，学校把部分学生合并到26班，组成"神州火箭班"。这个班让我费尽心思——七个班、五个专业合并在一起，管理难度可想而知。但我还是把七十八名学生融合在一起，一直带到毕业，最终还有七十四名学生顺利毕业。这期间，三名学生流失，一名学生在返校途中不幸溺亡，让我痛心不已。

2002年，学校学生增加，黔城校区装不下了，董事会决定在黔阳师范办分校。几经周折，分校终于办成，可这也牵扯到行政人员的分配问题。董事会决定把黔城校区的行政班子全部调到黔阳师范，重新选拔管理人员。当时，除了我之外，只有谭金梅有过半年的教务员经历，其他行政领导都是从普通老师中挑选出来的。而我，一个来校仅一年的人，既要当好两个班的班主任，又要当好一个全新的校长，压力之大可想而知。那时，我几乎每天晚上都在梦里想学校的工作，无数次在梦里叫学生的名字。

正是这种压力，让我懂得了什么是老师，明白了教育的真正意义。我积累了一些当老师的心得，也有了与学生、与班级、与教育不可割舍的情缘。是教育让我这个商人变成了热爱教育的教育者，让我从一个"铁公鸡"变成了一个愿意资助贫困学生的"爱心人"。从2001年到2009年，我资助了二十三名贫困学生，金额达到五万六千多元。我懂得了教育好一个学生，比赚多少钱更快乐；学生的成长，比自己的成长更幸福。

2003年下学期，董事会考虑到我的身体原因，不再让我担任班主任。我一下子很不习惯。每次安排班主任工作，我总会把自己安排进去；每次班级活动，我总会情不自禁地加入；每周班会课，我总会忍不住在笔记本上设计班会内容……直到有一天，我站在教室门口，看到其他班主任在管理班级，我才恍然大悟：原来我已经不是班主任了。

当班主任确实很累，有时还特别烦。每天早上要和学生一起起床、做操、早读；中午要处理请假、谈心；放学时要总结安排工作；晚自习要守着学生；晚上要查寝、了解学生生活……每次学生私自外出，哪怕是深夜，班主任也要出去寻找；每次放假，班主任要借钱给学生、送学生上车；每次收假，要一个个打电话催促学生返校……班主任的工作琐碎而繁重，稍有不慎还要挨批评、被扣分。

但反过来想想，这不就是一个教师、一个班主任的基本工作吗？是我们教育工作者的天职啊！只要我们正确对待，就会把苦变成甜，把累变成快乐和幸福的源泉。

教师的天职是教书育人。社会给了我们太多荣耀，把我们比作"人类灵魂的工程师""蜡烛""园丁"……既然选择了教师这个职业，就要对得起自己的选择，对得起学生和家长，对得起社会。回首近十年的教师生涯，我没有积累财富，却积累了爱心、知识和人气；虽然很累，但我得到了心安、尊重、理解、成长和快乐，还有最美好的回忆。

咱当班主任有啥不一样？只因为我们站在三尺讲台上，手拿书本不仅授业，更要传道；只因为我们与学生身影相随，欢乐共享。咱当班主任，就是不一样！

诵读：让文字在舌尖上起舞

在静谧的时光里，捧一本好书，轻声诵读，是一种怎样的体验？"读书"与"看书"不同，诵读时，我们不仅用眼睛去捕捉文字，更用舌头去感受音节，用耳朵去聆听韵律，用心去体会意境。这便是诵读的魅力——它调动了我们全部的感官，让文字不再仅仅是纸上的符号，而是化作灵动的音符，跃入心间。

佛经有云："此方真教体，清净在音闻。"声音，是诵读的灵魂。当我们把书读出来时，那抑扬顿挫的语调、轻重缓急的节奏，仿佛为文字注入了生命。每一个字、每一句话，都在唇齿间徘徊，化作心灵的触动。诵读不仅能帮助我们更好地理解书中的含义，还能在重复的练习中，让善法的种子在心中生根发芽，带来一种宁静而深远的精神体验。

诵读，是对文字的敬畏，也是对知识的追求。它要求我们一字不差地跟随文本的节奏，而不是像碎片化阅读那样，走马观花、一目十行。这种专注，能让我们在阅读中发现更多细节，理解更透彻。就像搭建一座建筑，基础的稳固与否，决定了上层结构的成败。书本中的每一个概念、每一个定义，都是我们理解全书的关键。只有将它们读得准确、清晰，才能在心中搭建起坚实的框架。

诵读时，我们的心会随着文字的流动而起伏。那些在心中涌现的问题，会引导我们深入思考，形成一条连贯的思考路径。而那些只是匆匆浏览文字的人，往往只能被文字牵着走，无法发现其中的奥秘。诵读，让我们在文字的世界里，不再是被动的旁观者，而是主动的探索者。

对于那些缺乏自我觉察的人来说，诵读或许是一种难得的自我反思的机会。当我们把文字大声读出来时，每一个字、每一句话都在提醒我们：是否真正理解了其中的含义？是否用心去体会了其中的情感？这种自我审视的过程，不仅能让我们更好地完成阅读，更能让我们在生活中，更加用心地去对待每一件事。

无论是教材书本，还是课外书籍，只要我们认真地"读出来"，总会有新的发现。哪怕这本书我们已经读过许多遍，每一次诵读，都像是与作者的又一次对话，总能带来新的感悟。诵读，是一个等待我们慢慢跟上的过程。它不需要我们急于求成，而是让我们在反复练习中，逐渐领悟文字的真谛。

在这个快节奏的时代，我们常常被碎片化的信息淹没，失去了对文字的敬畏和对阅读的专注。不妨停下脚步，拿起一本书，轻声诵读。让文字在舌尖上起舞，让声音在心中回响。你会发现，那些被我们忽略的细节，那些被我们遗忘的情感，都在诵读中悄然苏醒。

九剑破苍茫：学海中的智慧航标

在浩瀚的学海中，每一位学子都渴望找到通往成功的航道。然而，没有一艘船能在无垠的海洋中盲目航行，没有一把剑能在荆棘丛中披荆斩棘。今天，我愿将这九把智慧之剑递到你手中，助你在学海中斩浪前行。

第一剑：错题本中的反思之力

错题本，是每一位学子的"修行手册"。它记录着你走过的弯路，也指引着你前行的方向。每一道错题，都是一次深刻的自我对话。你问自己：这道题为何出错？是粗心大意，还是知识点的漏洞？你用"六步纠错法"去剖析它——从错误原因到认真纠错，从同题巩固到梳理知识，从预测变式到反复消化。每一次回顾，都是对知识的加固，对思维的磨砺。

第二剑：计划管理中的规律之光

学习之路，需要一盏规律的明灯。制订计划，便是点亮这盏灯。长计划与短安排相辅相成，如同远航的罗盘与近程的指南针。每月、每周、每日，甚至课前饭后的时间，都被精心规划。计划不是一成不变的，它需要根据实际情况适时调整。而执行计划，更需要自律与坚持。当你把时间挤出来，把效率提上去，会发现，学习不再是漫无目的的漂泊，而是有条不紊地前行。

第三剑：预习管理中的主动之锋

预习，是学习的"先手棋"。名校的尖子生们，总会在新课之前，提前翻开书本。语文学科的"六三"预习法，让你在朗读、思考、批注中发现问题；数学科的预习，则让你在勾画公式、尝试例题中寻找知识的脉络。预习不仅是对知识的初步探索，更是带着问题走进课堂的智慧。当你在课堂上听到老师讲解那些你已思考过的问题时，你会发现，知识不再是被动灌输，而是主动吸收。

第四剑：听讲管理中的效益之芒

课堂，是知识的源泉。听讲，是学习的核心。在高中阶段，紧跟老师的节奏，抓住重点，当堂消化，是提高学习效率的关键。而预习之后的听讲，更是事半功倍。课堂笔记，是听讲的延伸。边听边记，用关键词和符号记录重点，课后再整理成详细笔记。这些笔记，将成为你复习时的宝贵资料。

第五剑：复习管理中的反刍之韵

复习，如同老牛反刍，是对知识的二次咀嚼。有效复习，需要做到"想、查、看、写、说"五个字。闭上眼睛回想一天所学，及时检查知识的漏洞，认真细看课本和笔记，用心书写重难点，大胆复述所学内容。这样的复习，不仅能巩固知识，更能提升你的思维能力和表达能力。

第六剑：作业管理中的自律之刃

作业，是学习的试炼场。限时作业、先复习后作业、不纠结难题、先检查后提交、总结体会、独立完成……这些原则，看似简单，却蕴含着自律的力量。当你把每一次作业都当作一次严格的考试，你会发现，成绩的提升不再是遥不可及的梦想。

第七剑：错题管理中的反思之芒

错题，是学习中的绊脚石，也是成长的垫脚石。错题本，不仅是记录错误的地方，更是反思的起点。原题、错因、答案、归纳、复习……这五部分，构成了错题本的完整体系。每一次回顾错题，都是对知识的重新梳理，对思维的深度反思。

第八剑：难题管理中的溯源之光

难题，是学习中的高峰。面对难题，溯源是最佳的策略。查清知识清单，复原思维路径，探究知识漏洞……这些步骤，能让你在难题面前不再迷茫。文科的主观题，需要总结答题模板；理科的难题，需要通过变式训练来巩固。每一次攻克难题，都是对自我的超越。

第九剑：考试管理中的赋能之锋

考试，是学习的检验场。每次考试后，用丢分统计表分析试卷，将错题登记到错题本上，撰写考后分析……这些环节，能让你从考试中汲取经验，赋能未来的学习。错题索引，是一种高效的复习方法。它让你在复习时，能迅速找到自己的薄弱环节，有针对性地强化训练。

学海无涯，这九把剑，是你的智慧航标。愿你用好这九剑，斩破学海中的风浪，驾驭知识的长风，破万里浪，直挂云帆济沧海。

校园一角

伍　　润物东风

俗话说，人生有三幸，即上学遇个好老师、上班遇个好上司、婚姻遇个好伴侣。

在学校当老师，遇到了好上司，这当然是幸事。

但是，当您遇到了您认为不好或不够好的上司又该怎么办？改变自己，使自己变得"好"一些是上策。

备课：教师的修行之路

　　在教育的天地间，备课是教师的日常修行，是通往课堂的必经之路。它如同一座桥梁，连接着知识的彼岸与学生的内心世界。备课的境界，也如同修行的层次，因人而异，因时而变。

　　初入教坛的新教师，备课如同在白纸上作画。他们将教案一笔一画地写在备课本上，字迹工整，内容详尽。这是"写在本上"的境界。他们心中满是敬畏，害怕课上得不好，害怕领导检查备课本时发现自己的不足。这份诚惶诚恐，是成长的起点，也是对教育的敬畏。

　　随着时间的推移，教师们积累了些许经验，开始发现课堂上的不便——频繁翻阅备课本会打断教学的流畅性。于是，他们将教案"写在书上"，把重要的知识点、提问的问题、关键的教学环节标注在教科书上。这样的备课，更加灵活，也更贴近课堂的实际需求。它如同在纸上作画，逐渐有了自己的风格和节奏。

　　真正的高手，是将教案"写在心上"。著名教育家苏霍姆林斯基曾讲述过一位有三十年教龄的教师的故事。这位教师上了一节公开课，课上得精彩绝伦，听课的教师们甚至忘记了做记录，完全沉浸在课堂中。课后，有人问他备课花了多长时间，他回答说："对这节课，我准备了一辈子。"这种境界，是教师对教材的深刻理解和对教学的深刻领悟。他们将知识融入血液，将经验化作本能。课堂上，他们如同智慧的点拨者，引领学生探索知识的海洋，碰撞出思维的火花。

而备课的最高境界，是"写在纸上"。这样的教师，学识渊博，教科书中的知识只是他们知识储备的沧海一粟。他们在课堂上能一语道破天机，切中肯綮，游刃有余。他们不仅能让学生掌握知识，更能引导学生领悟知识背后的智慧。他们将备课中的灵感、参悟的道理、创新的教学方法记录下来，写成论文，甚至出版专著，为教育事业贡献自己的智慧。

魏书生、邱学华、陈少堂、余映潮、李镇西等教育名家，便是达到了这种境界的教师。他们不仅在教书，更在育人；不仅在用教材，更在写教材。他们的备课，是对教材的深度解读，对教育的深度参悟，对教学方法的深度研究。

备课的境界，如同修行的层次。第一、第二种境界的教师，是在教教材；第三种境界的教师，是在用教材；而第四种境界的教师，是在写教材。许多教师在工作几年后，从"写在本上"走到"写在书上"后便停步不前。能进入第三境界的，是优秀的教师；而能跨入第四境界的，离教育家就不远了。这是从量变到质变的升华，是从教书匠到教育家的蜕变。

备课，是教师的修行之路。在这条路上，我们从青涩走向成熟，从模仿走向创新，从传授知识走向启迪智慧。愿每一位教师都能在这条路上不断前行，用智慧和汗水，书写属于自己的教育篇章。

教师的九重修行：课堂上的智慧与匠心

在教育的舞台上，课堂是教师施展才华的广阔天地。教师如同一位辛勤的园丁，精心培育每一棵幼苗，使其茁壮成长；又似一座灯塔，为求知的船只指引方向，助其避开暗礁，驶向成功的彼岸。在这一过程中，教师不仅是知识的传递者，更是灵魂的塑造者。然而，成为一名优秀的教师，绝非一朝一夕之功，这需要在课堂教育中不断修炼九种关键能力。

第一重：识记运用——知识的根基

识记，是教师将所学知识转化为教学能力的基础。它要求教师通过感知、思维和体验，将知识编码为持续的记忆。识记分为无意识记和有意识记，而后者又分为机械识记和意义识记。在教学中，意义识记尤为重要，因为它能将新知识与已有经验建立联系，使其更加稳固。教师可以通过图像记忆法和故事制作法等技巧，将知识转化为生动的画面或完整的故事，从而提高记忆效果。这种能力，是教师在课堂上能够游刃有余的前提。

第二重：理解概括——思维的升华

理解与概括，是教师在教学中必须具备的核心能力。理解能力，是对事物进行深入分析，将其转化为自己能够记住和明白的形式；而概括能力，则是对事物的整体情况进行精准表述，这需要教师具备透彻的分析能力和大局意识。提高这两种能力，需要教师遵循循序渐进的原则，同时学会换位思考，跳出思维定式。在语文教学中，阅读理解和总结段落大意，正是培养这种能力的有效途径。教师应引导学生专注于事情的脉络和关键点，探寻其本质，从而提升学生的思维能力。

第三重：读题解题——智慧的引导

教师在教学中，需要培养学生读题和解题的能力。读题是审题能力的基础，通过读题，学生能够明确题意，为深入思考做好准备。教师应根据学生的年龄特点，指导他们采用不同的读题方式，如大声读、轻声读或默读，确保学生能够读通句子，不漏字、不添字。对于低年级学生，教师还需注音、解释生字和词语，帮助他们克服阅读障碍。同时，教师应引导学生养成"字字出声读题慢"的习惯，提高读题的准确性，从而培养他们认真、严谨的学习态度。

第四重：答案还原——逆向的智慧

在教学中，教师需要教会学生如何从结果出发，运用逆推法解决问题。这种方法，不仅能提高学生的逆向思维能力，还能让他们在面对复杂问题时，找到更简洁、更高效的解决路径。孔子曾说："举一隅不以三隅反，则不复也。"教师应引导学生学会举一反三，融会贯通，从而提升他们的学习能力。

第五重：技巧内化——知识的转化

教师不仅要传授知识，更要帮助学生将知识内化为自己的能力。内化，是将外来的知识与个人经验相结合，通过消化吸收，转化为内在特质的过程。教师可以通过以下方法帮助学生实现知识的内化：将知识与个人经验结合，融入知识体系；通过实践，将知识转化为行为；记住知识点及其适用场景；观察他人如何运用知识；寻找或创造使用知识的场景。通过这些步骤，学生能够在适当的场景中，不假思索地运用所学知识，达到"一触即发"的境界。

第六重：听课反省——成长的阶梯

教师的成长，离不开对经验的反思。心理学家曾提出："成长=经验+反思。"教师应从课堂教学设计、学生兴趣激发、知识与能力结合等方面进行反思，从而提高教学能力。精心设计课堂教学，能体现教师的准备是否充分，是否关注学生的发展；联系实际，能激发学生的学习兴趣；注重知识传授与能力培养相结合，则能提升学生的综合素质。通过这些反思，教师能够不断改进教学方法，提升教学质量。

第七重：整理迁移——智慧的拓展

教师应培养学生将知识迁移的能力，使其能够触类旁通，举一反三。迁移分为正迁移和负迁移，教师应着重培养学生的正迁移能力。通过知识迁移、方法迁移、角度迁移和学科迁移，学生能够提高综合分析能力，避免僵化的学习定势。教师可以通过创设多样化的学习情境，引导学生从不同角度思考问题，从而提升他们的迁移能力。

第八重：分析创新——思想的飞跃

教师应具备创新思维，不断追求新知识，探索新的教学方法。创新不仅体现在知识的传授上，更体现在问题情境的创设和师生关系的构建上。教师应营造宽松、民主、自由的学习氛围，鼓励学生提出问题、解决问题，培养他们的创新精神。同时，教师应树立终身学习的观念，不断更新知识结构，掌握现代化教育教学技术，从而提升教育

校园一角

创新能力。

第九重：书写表达——思想的传递

书写表达能力，是教师传递思想、影响学生的重要工具。教师应具备清晰、准确的表达能力，能够将自己的观点和想法精准地传达给学生。书写表达不仅需要"读者意识"，还需要"换位思考"，从而更好地与学生沟通。教师应将书写表达作为一项终身修炼的技能，不断提升自己的语言表达和写作能力，从而在教育事业中走得更远。

在教育的道路上，教师如同修行者，不断修炼这九种能力，以智慧和匠心塑造学生的未来。愿每一位教师都能在这九重修行中，不断提升自己，成为课堂上的智者，引领学生走向知识的海洋，驶向成功的彼岸。

教研之光：照亮青年教师的成长之路

在教育的田野上，教研组犹如一座灯塔，照亮着青年教师的成长之路。它不仅是学校管理的基本单位，更是传承优秀传统、创新发展方式、提升教学质量的核心力量。在新教师不断涌入的浪潮中，教研组肩负着培养青年教师的重任，通过深化教科研改革，为学校的长远发展注入源源不断的活力。

教研组的建设，是深化教研改革的基石。每一学科都设有组长和副组长，他们肩负着引领团队、传承经验、培养新人的使命。组长全面统筹教研组的工作，组织大教研活动，完成学校下达的任务，同时指导青年教师，凝聚团队力量；副组长则协助组长，组织小教研活动，专注于青年教师的培养，帮助他们研读教材、研究课件，提升课堂驾驭能力。在这个过程中，团队精神的培养至关重要。通过组织有意义的集体活动，学校努力打造一个团结、合作、进取、向上的教研团队，让每一位教师都能在集体的温暖中成长。

教研活动，是教师专业成长的阶梯。它不仅是对教学活动构成要素的分析研究，更是制定最优教学方案的过程。我校通过"三备两研"的方式，将个体教研与群体教研、自我钻研与学习借鉴有机结合，为"大三步"教学提供了坚实的基础保障。

个体教研，是教师独立思考的过程。教师们通过研读教材、课标、教参，书写规范教案，完成第一次备课——"备教材"；通过参加教研活动，吸收他人经验，完成第二次备课——"备教研"；再结合学生实际情况，对教学内容进行针对性修改，完成第三次备课——"备学情"。这"三备"过程，最终形成一个融合独立思考、他人智慧和学生学情的教学方案，让教师在自我成长的同时，更好地适应学生的需要。

群体教研，是教师们相互协作、交流的平台。它包括"小教研""大教研"和"听一上一"三种重要形式。小教研活动每周定期举行，由副组长组织，青年教师参与，通过独立钻研教材、提交规范教案、修改课件、撰写教学设计方案等环节，提升教学能力。大教研则在每周二、四下午进行，由教研组长组织全体成员，对课件内容进行集体讨论，修改确定，并对教学设计方案进行充分研讨，最终形成成熟的教学方案。这种群体教研活动，充分发挥了集体智慧，让每一位教师都能在交流中提升业务水平，培养团队合作精神。

"听一上一"听课活动，是青年教师学习借鉴他人经验的重要途径。通过听课，青年教师可以将感性认识转化为理性思考，发现教学方案的长处与不足，从而不断提高自己的教学水平。

教研活动的检查与考核，是确保教研质量的重要环节。学校通过严格的检查制度，确保教研活动的出勤率、卫生状况和活动质量，同时将检查结果与津贴挂钩，激励教师积极参与教研活动。教案评比、大教研与小教研的协同关系、教研检查的客观公正性，都是深化教研活动的重要保障。

在教育的征程中，教研组不仅是知识的传承者，更是创新的推动者。通过精心设计的教研活动，青年教师们在实践中成长，在交流中提升，在反思中进步。他们如同初升的太阳，用热情和智慧照亮课堂，用创新和匠心塑造学生的未来。

愿每一位青年教师都能在教研组的呵护下茁壮成长，愿每一堂课都能成为知识与灵魂的盛宴，愿我们的教育事业在教研之光的照耀下，走向更加辉煌的明天。

春风化雨育桃李，华清园中的坚守与温暖

　　夜深人静，华清高级中学的校园里，灯光渐渐稀疏。高一年级的教师宿舍里，一位老师刚刚结束了一天的工作。她在朋友圈里写下这样一段话："我要把全部的精力都投注在教学当中，当看到学生们那一双双渴求知识的眼睛时，我知道自己辛勤付出的全部价值在哪里。再苦再累，我也情愿。"时间已至23时35分，她推开窗户，让南风轻抚疲惫的身心，顿觉一天的劳累烟消云散。她沏上一杯热茶，坐在窗前，眺望着远处的风景。此刻，万籁俱寂，唯有高铁站传来的动车声，仿佛在诉说着远方的故事。

　　她想起了那些曾经的学生，那些在她的陪伴下成长的孩子们。他们有的已经考上大学，有的即将踏上新的征程。她仿佛看到他们带着感恩的心，向她告别，脸上洋溢着青春的笑容。动车鸣笛，梦想启程；雪峰山外，是属于他们的精彩未来。

　　男友的微信电话将她从思绪中拉回现实。她看看时间，已是23时55分。平日里早已入睡的她，今晚却格外精神。她躺在床上，辗转反侧，回想起YY同学晚上的学习状态，心中满是欣慰。YY上个学期的成绩并不理想，在班级中处于中下水平。父母都是朴实的农民，看到

2024 年元旦年俗活动

成绩单时难免有些失望。开学初，她和班主任一起去了YY家，与家长促膝长谈。她坚定地告诉家长："孩子态度端正，底子虽薄，但只要积极上进，完全有办法提升、逆袭、反超。"那一刻，她的眼神坚毅，语气笃定。YY的家长从她的话语中感受到了希望，知道孩子遇到了贵人。

从那以后，她便格外关注YY。她深知贫困家庭的孩子心理更加脆弱，他们害怕异样的目光，害怕被孤立。她主动承担起副班主任的角色，深入YY的内心世界。她找YY谈心，动之以情，晓之以理，为他树立远大的志向。慢慢地，YY变得开朗起来，还主动承担了班级的劳动委员职务。今天晚上，她布置了两道高考题，YY竟然做对了一道，另一道在她的点拨下也顺利完成。那一刻，她知道，这半个月的努力没有白费。

其实，像YY这样的学生还有很多。他们有的沉闷抑郁，有的高傲不恭，有的嫉贤妒能，有的悲愤厌世。她看在眼里，疼在心里。她深知，要想让学生真正投入学习，教师必须先走进学生的心灵世界。否则，再多的强迫式教学，也只能事倍功半，甚至适得其反。她用"以心换心"的方式，激发了五名学生的热情，让他们的心灵保持健康。今天晚上，她不厌其烦地用最通俗易懂的语言讲解知识点，同学们理解后运用到解题中，学习效率大大提高。

开学半个月以来，华清高级中学的教风、学风悄然改变。学生主动提问题的现象多了，教师到点休息的情形少了；学生尊敬老师的画面多了，教师训斥学生的状况少了；学生互相切磋的例子多了，教师迷茫清闲的时刻少了……"以梦为马，不负韶华"，这是华清师生的座右铭。每一名师生都清楚，来到这偌大的校园，自己的使命是什么，需要怎样行动，才能实现梦想，不给青春岁月留下遗憾，不让教与学的旅途充满乌云。学生认真学习的姿态最美，教师用心辅导的身影最暖，师生默契成就了高效课堂，师生沟通达到了教学要求，师生进步圆满了教育意义。

教高一年级的刘建宾、尚海娟夫妇，组织学科竞赛、创新教学形式的做法，值得其他老师借鉴。针对高一年级学生物理、数学基础较差的实际学情，他们从要求学生背诵学科公式入手，设置奖励措施，提高了学生的学习积极性。高一（4）班的班主任杨进涛老师反馈："班级学生在数学课上，越来越有兴趣，因为他们通过了公式考核，而且能够运用公式解决实际考题，成就感爆棚。"刘建宾老师建立了物理兴趣小组，利用午休时间给学生讲题，其他班级的学生也纷纷前来旁听，他的授课水平和人格魅力赢得了学生的广泛认可。

更值得点赞的是高一（1）班的英语老师杨秀花。当知班级有个学生因病在医务室打点滴时，她主动赶往医务室，为这个学生连续补课三天。她这种服务学生、无私奉献的精神，不仅感动了学校师生，也感动了高一（1）班的家长。他们打来电话，特意致谢杨秀花老师，感谢她活泼聪灵的授课方式，让学生获益匪浅。这样尽职尽责的老师，在华清高中还有很多，很多……

对于高二（4）班的班主任魏巧慧老师来说，这个学期无疑是充满挑战的。她执教两个班级的数学课，学考通过率要保持在85%以上，压力巨大。初次学考模拟考试中，两个班级的成绩并不理想，离目标尚有较大差距。但她坚信，路是脚丈量出来的，事是手拼搏出来的。只要付出了努力，就会看到希望。她在班级里召开动员会，给每个同学都制定了数学公式过关表，根据学生基础的优劣，规定不同的"冲关"标准。每天22时下课后，她都会在班级辅导学生，背完公式还不牢靠的，再做几道例题，才算真正掌握。个别学生的数学基础甚至得从初中补起，魏老师也从未有过畏难情绪，一步一个脚印地走，只要每天看得到进步，她就欣慰不已。高二（4）班的学生，视她如和蔼可亲的大姐姐。学生每当遇到生活中的挫折和情绪上的波澜，魏老师都会及时给予阳光般的温暖。

在高二的学考冲刺阶段，还有刘续伟老师、严春玲老师、袁泉老师、简孝喜老师、朱云华老师等诸多富于爱心的教师，至诚陪伴着他们的成长。严春玲老师治学严谨，将知识点条分缕析，一道题目换成好几种思路，从多个方面去启发学生；刘续伟老师把抽象的哲学知识压缩成精华段落，再以形象化的语言阐述出来，让学生在政治科的考试中捷报频传；朱云华老师整理了高中必背古诗文篇目，学生一个一个地过关，还要随堂默写，只有将诗文的文字全部写对，才算真正掌握了诗文的主旨大意；简孝喜老师不仅是高二年级组长，也是高二（1）班班主任，认真细致地部署每一次学考模拟考试；袁泉老师作为学校教务主任，深入教学一线，亲自查堂巡视，随时纠正教师授课中需要提升的地方……这些骨干师资，汇聚成学校强大的正能量，定能推动学校教学质量更上一个新台阶。

在华清高级中学这片沃土上，每一位教师都在用自己的方式，默默耕耘，无私奉献。他们用爱与智慧，点亮了学生的心灵，用耐心与坚持，守护着学生的成长。他们相信，只要心中有梦，脚下有力，未来定能绽放出最美的花朵。

课堂之上，聆听智慧的回响

　　在教育的长河中，课堂始终是知识传递与灵魂塑造的核心之地。然而，听课并非仅仅是坐在教室里听讲那么简单，它是一场思维的盛宴，一次灵魂的洗礼，更是通往知识殿堂的必经之路。这段时间，我一直在关注学生们的课堂表现，发现许多孩子在听课时陷入了一种"形式大于内容"的困境。他们或因跟不上节奏而迷失，或因被动接受而无法消化，或因缺乏反思而收获寥寥。这让我深思：在知识的海洋中，我们该如何学会真正地"听课"呢？

紧跟节奏，深度思考

　　课堂上，老师的讲解如同一叶扁舟，载着知识在时间的河流中前行。学生们需要做的，是紧紧跟上这艘船的节奏，让自己的思维与老师的思路同步。当老师讲解到那些似懂非懂的地方时，更要集中200%的注意力，边听边思考。这不是为了记住答案，而是为了理解过程。听懂之后，不妨回过头来审视自己最初的想法，思考为何当时会卡住。这样的反思，能让知识在心中扎下根来，无论是做作业还是面对考试，都不会再有难以逾越的障碍。

搭建框架，形成体系

知识如同散落的珍珠，只有用线串起来，才能成为一条璀璨的项链。听课时，我们要努力搭建起知识的框架，将各个知识点连缀成一个完整的体系。尖子生与普通学生的区别，往往就在于前者能够主动构建知识体系，弥补知识上的漏洞。对于理科而言，能否根据已知条件推理出未知条件，关键在于是否补上了那些知识点之间的"漏洞"。而对于文科，理解观点、分析事例、洞察社会现象，同样需要一个清晰的知识框架作为支撑。

积极互动，激发兴趣

课堂不应是单向的知识传递，而是一场师生共同参与的互动之旅。积极回答问题，不仅能帮助我们更好地吸收知识，还能激发学习的兴趣。当我们在思考中找到更好的解题方法时，不妨大胆举手告诉老师。这样的互动，能将被动听课变成一场益智游戏，不仅能提高表达能力，还能获得老师更多的关注和指导。同时，不要忽视与老师的眼神和语言交流，它们能最大限度地帮助我们在课堂上消化新知识。

因科制宜，灵活听课

不同的学科，有着不同的"听法"。理科课程中，要关注老师的授课顺序，思考定理和公式的推导过程，分析例题之间的异同。而文科课程，如政治，要分清观点、事例和社会现象；历史课则要关注事件的背景、过程、意义和影响，学会从历史中寻找解决现实问题的智慧。因科制宜，才能让听课更加高效。

批判吸收，培养思维

听课时，我们难免会受到老师讲课风格的影响。但作为学生，我们不能因个人喜好而忽视知识本身。要学会批判地吸收，边听课边分析，分清哪些是结论性语言，哪些是说明性语言，哪些是过渡性语言。重点记住那些关键性的语句，而不是盲目接受。这样的听课，不仅能培养辩证思维，还能让我们在知识的海洋中游刃有余。

做好笔记，提升能力

笔记是课堂知识的"备份"，更是思维的"外化"。做好笔记，需要在预习的基础上，用最简略的语言记录老师的思路和方法。笔记中要特别标明重点、难点和老师提出的问题，课后再去消化。笔记不是板书的复制，而是听课时的思考，包括对问题的分析、解决方案和老师的答疑。每一门学科都有其独特的结构，按照学科特点记好笔记，能事半功倍。当笔记与思维紧密相连时，我们便已初步掌握了该学科的思维方式。

课后反思，巩固所学

课堂的结束，并不意味着学习的终结。课后静思五分钟，能起到意想不到的效果。一堂课的前几分钟和最后几分钟往往最为重要，老师通常会在前几分钟复习旧课，在最后几分钟总结新课。认真听讲这些内容，能减轻课后复习的压力。同时，利用课间休息时间，快速梳理课上讲过的关键思路，从题意到分析，再到解答，让整个过程在脑海中清晰呈现。这样的反思，能保证思维的连贯性，让知识在心中扎根更深。

老师们、同学们，课堂是我们学习的主阵地，而听课则是这场战役的关键。让我们学会听课，高效听课，让每一节课都成为知识的盛宴，让每一次听课都成为心灵的洗礼。愿我们在课堂上掌握方法，循序渐进，今日探骊得珠，明朝鲲鹏展翅，向着知识的高峰奋勇攀登。

华清高中：教育的沃土，梦想的摇篮

六月的阳光洒在洪江市华清高级中学的校园里，树木葱郁，鸟语花香，一派生机勃勃的景象。6月10日下午，怀化市教育局领导一行，在洪江市政府领导、洪江市教育局领导的陪同下，深入华清高级中学调研指导工作。我作为学校董事长向领导们详细汇报了学校的办学情况及未来发展规划。

怀化市教育局领导在参观校园后，对华清高中短短两年取得的成就给予了高度肯定。他指出，华清高中办学方向明确，管理团队强大，教师队伍优秀，教风学风井然，学生孜孜求索，这些成绩令人欣喜，成为学校最闪亮的名片。

华清高中的成功，首先体现在其清新幽静的校园环境。树木葱郁，鸟语花香，隔绝尘嚣，清雅静谧，这里无疑是读书育人、治学进业的理想之地。校园所在的校址，曾是黔阳师专，几十年的办学实践孕育了优良的文化传统，如今被华清高中完整继承，弦歌不辍，绍兴文脉。

华清的学生彬彬有礼，文明程度高，这得益于学校对德育的重视。学校注重学生道德素质和文明习惯的养成，符合教育规律，利于学生成长。师资队伍结构合理，学校充分发挥民办学校机制灵活的优势，招聘了一批敢想敢干、积极上进的优秀教师，为提高教育教学质量奠定了坚实基础。

在教学改革方面，华清高中积极探索高效课堂，倡导教师打破传统教学框架，启发学生的多层次思维，这种尝试符合新高考的方向，值得大力推广。学校还注重劳动教育，提升学生的综合素养。6月6日举办的第四届"农耕文化·播种插秧"活动，吸引了全校师生踊跃参与，成为一场别开生面的文化体验课程。此外，学校还组织教师专业培训，搭建成长平台，改善教育条件，拓宽学生视野。

华清高中有着长远的发展规划，计划在未来三年内征地160亩，投资2.3亿元，建设全新的校区。这一宏伟蓝图让人看到了无限希望，撑起了华清高中快速发展的蓝天。

怀化市教育局领导在肯定华清高中办学成果的同时，也为学校未来的发展提出了建议：注重社会效益，树立良好口碑；打造师资梯队，优化人才结构；依靠党的领导，坚定办学方向。洪江市政府领导也对华清高中的办学成果给予了高度评价，并表示洪江市政府将一如既往地支持华清高中的发展，提供政策倾斜，助力学校站得更高，走得更远。

华清高级中学，这片教育的沃土，正孕育着无数学子的梦想。在这里，每一棵树都在诉说着成长的故事，每一朵花都在绽放着未来的希望。

中层干部：学校管理的中流砥柱

在学校的管理架构中，中层干部扮演着承上启下的重要角色。他们既是领导决策的执行者，又是基层工作的协调者。然而，许多中层干部在工作中常常感到困惑和烦恼，尤其是在面对不同类型的领导时，如何平衡各方关系、高效完成工作，成为他们亟待解决的问题。

我曾在学校担任"一把手"多年，也曾做过保卫科科长、政教处主任、人事部主任等中层职务，深知中层干部的不易。以下是我对中层干部工作的几点思考，希望能为那些在困惑中前行的同志们提供一些帮助。

面对不同类型的领导，灵活调整工作方式

领导风格大致可分为专制、民主、放任三种类型。在实际工作中，这三种类型并非绝对，而是相互交融。但无论遇到哪种类型的领导，中层干部都需要根据其性格特点和能力水平，灵活调整工作方式。

如果遇到倾向于专制型的领导，工作难度和烦恼系数往往会增大。但只要领导的决策正确，中层干部应全力以赴去执行。当遇到错

误的决策时，要敢于委婉劝说，即使劝说无效，也要如实反馈群众意见，切不可两面三刀。在这种环境下，中层干部要保持谦虚谨慎的态度，少说多做，学会绵里藏针。

若遇到民主型的领导，这是中层干部的福气。此时，你可以充分发挥自己的聪明才智，大胆工作。但需要注意的是，不可自作主张，要多请示、多汇报，争取领导的支持。

放任型的领导相对较少，尤其是单位的一把手。在这种情况下，中层干部的责任最大。他们既要对领导负责，又要对老师负责，需要当好参谋，集思广益，多为领导出谋划策，多为老师着想。

中层干部应具备的素质和能力

无论遇到哪种类型的领导，要做好中层干部，都需要具备以下几方面的素质和能力：

1. 甘当绿叶的心态

中层干部的主要职责是执行，而非决策。在工作中，要保持谦虚谨慎的态度，尊重领导，服从安排，同时充分发挥主观能动性，做好本职工作。要有"成绩是别人的，责任是自己的"胸怀，切不可邀功诿过。

2. 务实创新的精神

对于职责范围内的工作，要有创意地完成，并在实践中丰富和完善领导的思想体系。中层干部既是指挥员，又是战斗员。面对棘手问题，要沉着冷静，敢于承担责任，迎难而上。

3. 纵观全局的观念

在学校出台涉及教师切身利益的规章制度时，中层干部要做思想工作，讲清局部与全局的关系。作为中层领导，要有吃苦在前、享受在后的精神，服从全局利益。

4.汇报请示的习惯

中层干部的工作必须事前请示、事后汇报。对重大事项或超出工作权限的事项，要逐级请示报告，不得擅自处理。请示报告要抓住重点，简明准确，如实反映情况。发现问题时，要有自己的解决方案，再向分管领导请示汇报。

中层干部的使命与担当

学校整体工作由每个中层干部所负责的局部组成。只有所有中层干部拧成一股绳，步调一致，才能使学校工作充满生机。每位中层干部都要有集体荣誉感，主动与其他中层领导沟通配合，紧紧围绕实现全校的共同目标开展工作。当分管工作与学校整体工作发生冲突时，必须无条件服从大局利益。

做好中层干部，需要爱岗敬业，放开手脚，大胆创新，不断学习和实践。中层干部是学校管理的中流砥柱，他们的工作态度和能力直接影响着学校的发展。希望每一位中层干部都能在自己的岗位上发光发热，为学校的发展贡献自己的力量。

校长：学校教育的领航者

在教育的广阔天地中，校长不仅是学校的领导者，更是教育质量的守护者。他们肩负着引领学校发展的重任，是提高教育教学质量的第一责任人。那么，校长如何在复杂的教育环境中，做好教学管理工作呢？以下几点或许能为校长们提供一些启示。

引领方向：为教学工作锚定航标

校长作为学校的掌舵人，必须为教学工作找准方向。这不仅需要对教育方针的深刻理解，还需要对课程标准的精准把握。校长要引导教师以研究者的心态投入教学，将教育理念转化为具体的教学行为，全面提高教学质量。

首先，校长要时刻提醒教师明确自己的责任，贯彻教育方针，落实课程方案，完成教育教学任务。通过有效管理与调控，引导教师规范教学行为，创出教学特色。其次，校长要精通教育规律，引导教师遵循这些规律，潜心研究教育教学，让"向课堂要质量"成为教师的自觉追求。最后，校长要建立教学质量愿景，引领教师朝着目标稳步前进，将学校的办学思想落实到教学管理中，形成科学的教育观、教学观和质量观。

把握指挥权：让教学管理有序高效

校长在教学管理中，既要抓科学管理，又要注重人文关怀。这需要校长深入教学管理工作，把握指挥权，促进教学管理的制度化、标准化和序列化。

首先，校长要亲自审定教学管理的规章制度，确保学校的办学思想和管理理念贯穿其中，避免制度之间的冲突。其次，要完善和落实教师教学评估体系，细化和量化教学工作的要求，使教师明确教学管理的重点和评价标准。教学评估方案要灵活多样，能够根据不同时期、不同指标进行调整，形成学校特色和管理风格。

校长还要突出教学管理的"有序"性，根据教学活动的阶段性特点，进行序列化安排。学期初重在规划，学期中重在检查，学期末重在总结。通过这种有序管理，提高教学管理的针对性和有效性。

此外，校长对师生的人文关怀同样重要。关注教师的工作状态和学生的学习状态，让评价不仅是对教师工作的衡量，更是促进教师发展的工具。将科学管理与人文关怀相结合，是校长应追求的艺术方向。

走入课堂：触摸教育的脉搏

校长要引领教学方向，把握管理指挥权，就必须深入课堂。苏霍姆林斯基曾说："对一个有经验的校长来说，他的注意和关心的中心就是课堂。"校长只有深入课堂，才能发现教学中存在的问题，分析问题出现的原因，为解决问题提供依据。

　　听课和分析课是校长的重要工作。校长要通过听课，了解教师的教学情况，发现普遍性和真实性问题。这不仅是对教师教学的指导，更是对学校教育质量的把控。校长要将听课和分析课作为一项长期的工作，深入师生，触摸教育的脉搏。

　　校长是学校教育的领航者，他们的工作不仅需要智慧和勇气，更需要对教育的热爱和执着。通过引领方向、把握指挥权和深入课堂，校长可以为学校的教育教学质量保驾护航，让学校在教育的海洋中乘风破浪，驶向成功的彼岸。

师者匠心：用爱与德塑造灵魂

在新时代教育改革的浪潮中，教育的使命愈发清晰——为谁培养人？怎样培养人？培养怎样的人？这不仅是教育的方向，更是教师的使命。洪江市委、市政府围绕党中央的指示精神，全面开展师德师风建设工作，取得了令人瞩目的成绩。作为一名教师，我深知"德高为师，身正为范"的重要性，时刻以这八个字提醒自己，用无私奉献和高尚人格为学生的心灵塑造竭尽全力。

教师是知识的化身，是智慧的源泉，更是学生心灵的塑造者。我们不仅是知识的传递者，更是学生人生的引路人。因此，教师必须树立事业心，增强责任感，热爱教育事业。教书是手段，育人是目的。教师不能仅仅是"教书匠"，而应是教育家，是人类灵魂的工程师。我们对待学生，要"以情育人，热爱学生；以言导行，诲人不倦；以才育人，亲切关心；以身示范，尊重信任"。教育是爱的共鸣，是心与心的呼应。只有热爱学生，才能教育好学生，才能使教育发挥最大的作用。

高尔基曾说："谁不爱孩子，孩子就不爱他，只有爱孩子的人，才能教育孩子。"师爱是教师的天职，也是教师必须具备的美德。在教育工作中，我始终把信任和期待的目光洒向每个学生，倾听他们的声音，与他们产生思想和情感上的共鸣，让每个学生的心灵都感受到师爱的温暖。

教师的言行对学生有着深远的影响。优秀教师一定是以身作则、率先垂范的人。他们对祖国的爱、对学生的爱、对事业的爱，都体现在对自己的高标准要求上。教师肩负着为祖国未来夯实基础的重任，必须具备敬业精神、健康的价值观和高尚的道德情操。我们的一言一行，都在潜移默化地影响着学生。

教师还应具备无私奉献的精神。我们是园丁，学生是花朵，只有靠园丁的辛勤浇灌，花朵才能茁壮成长。教师应像蜡烛一样，燃烧自己，照亮别人。我们不能仅仅把教书育人降低到传授知识的层面，而应从思想、政治、文化等多方面充实自己，努力提高从教素质，用无私奉献的精神感染学生，用渊博的知识培育学生，用科学的方法引导学生，用真诚的爱心温暖学生。

新时代的教师，要有自我价值追求，传播思想、真理和知识，塑造灵魂、生命和新人，培养创新型、复合型和应用型人才。我们要有远大的梦想信念，高尚的道德情操，扎实的学识，以及一颗仁爱之心。在梦想信念、爱国主义情怀、品德修养、知识储备、奋斗精神和综合素质六个方面下功夫，努力成为新时代的高品德教师。

作为一名教育工作者，教书育人是我们的使命和责任。我们要不忘初心，用春风化雨的耐心、春蚕吐丝的无私和蜡炬成灰的精神，站稳讲台，站好讲台，站精讲台，无愧于教师这一光荣而神圣的职业。

照亮心灵的烛火：师者的使命与担当

在岁月的长河中，教师这一职业始终闪耀着独特的光辉。然而，在时代的浪潮中，这份光辉有时也会被误解与困惑所遮蔽。许多教师站在三尺讲台之上，却仿佛失去了方向，成为机械的教材朗读者，与学生的心灵渐行渐远。但在这喧嚣与误解之中，我们仍需坚守初心，用爱与智慧去呵护那些对教书育人充满温暖念想的心灵。

教育的真谛，或许就在于"不教"。我们希望学生能够学会自律，懂得自我管理，而教师，不过是他们成长道路上的引导者。从第一堂课开始，我们便应树立这样的目标，让学生在成长的道路上学会独立前行。只有这样，教师才能在教育的道路上走得更远，收获更多的成就感。

课前准备是教学成功的关键。除了备教材的重点与难点，教师还应关注那些"三易点"——易错、易混、易漏的知识点。在高中语文教学中，古诗文默写中的错字、修辞手法的区别、论证方式的辨析……这些细节之处，往往是学生知识体系中的薄弱环节。教师不仅要传授知识，更要引导学生发现掌握知识的方法与规律。

课堂教学，应追求实在与高效。在有限的四十分钟内，教师需要凭借充足的知识储备，让学生在高考的征途上走得顺畅。然而，当前教学中存在一种不良趋势——公开课越来越程序化，教师的个性被忽视。真正的教学，应是教师与学生之间的灵魂对话，而非机械的教案复读。例如，在讲解莎士比亚的《哈姆雷特》时，教师可以引导学生与《红楼梦》进行横向比较，从中发现伟大文学作品对生命与死亡的共性探讨。在没有大纲的时代，文学思维的训练显得尤为重要。

复习策略，也应因学段而异。对于初一至高二的学生，教师要帮助他们建立科学的知识体系，让学生自己绘制"知识树"，并准备错题本，收集易错题，写清错因。同时，教师不能忽视心理辅导，因为非智力因素同样会影响学生的考试发挥。对于初三、高三的毕业年级，教师要精准掌握"四轮"复习的要点：一轮复习注重"三点法"，二轮聚焦"十二字"，三轮侧重"十六字"，四轮追求"自我完善，四放四不放"。这样的复习策略，才能让学生在毕业考试中发挥出最佳水平。

作业布置，也是一门科学。教师应遵循"小题大做，大题小做，错题重作，空题补作"的原则，避免布置无法批改的作业。对于学生而言，认真对待每一道题，尤其是那些新出现的题型和分值大的压轴题，是巩固知识的关键。而教师，不应为了应付检查而布置作业，而应真正关注学生的成长。

试卷讲评，是教学中不可忽视的环节。教师不仅要讲清某一类题的出题规律和解题思路，还要引导学生建立归纳思维，提升答题卷面的美观度。通过对比分析作文题，教师可以帮助学生更好地把握考试方向，同时纠正学生提笔忘字的现象，培养他们严谨的答题习惯。

每一次考试，都是对教师自身的审视。教师应通过学生的考试成绩，反思教学中存在的问题，如学生为何反复出错、为何不会分配考试时间等。认真撰写考试总结和试卷分析，是优秀教师的必备能力。只有这样，教师才能在教学中不断进步，收获惊喜。

在课堂提问和课后辅导中，教师要关注那些"边缘群体"。这些学生或许因为胆小、语言表达能力差或家庭原因而被忽视。教师需要牺牲休息时间，与他们单独沟通，倾听他们的困惑，并给予鼓励和支持。通过创造机会让他们参与班级事务，教师可以帮助这些学生建立自信，从边缘走向中心。

最后，教师肩负着立德树人的重任。在价值多元化的时代，中学生的思想尚未定型，教师要以人生导师的身份，为他们指明方向。正如司马光所说："才者，德之资也；德者，才之帅也。"教师应秉持"教学生三年，想学生三十年"的理念，在学生思想最脆弱的年龄，引领他们走向正轨，让他们明白人生的意义。

在这个充满挑战的时代，教师或许会面临诸多误解与困境，但只要我们坚守初心，用爱与智慧去呵护每一个心灵，我们就能成为照亮学生心灵的烛火，成为他们灵魂的工程师。这样的教师，才能真正称得上"大先生"。

春意盎然时，乡情正浓处

    又是一年春来到，万物复苏，生机勃勃。在这个充满希望的季节里，我们这些漂泊在外的游子，怀着对故乡的眷恋与深情，齐聚一堂，共叙乡情。感谢茅渡乡政府为我们搭建了这样一个温暖的平台，让我们能够带着浓浓的乡音，畅叙这份久违的乡情。

    "参天之树，必有其根；环山之水，必有其源。"我们因茅渡这片土地而结缘，成为同乡、老乡。这份关系，不是建立在世俗、金钱或

老家洒溪航拍图

权力之上，而是源于血脉深处的那份纯真与质朴。老乡之间的感情，纯洁而高尚，珍贵且绵长，经得起岁月的洗礼，越久越牢固。以地缘为纽带的老乡情，是人世间至善、至美、至纯的情感。

在这个快速发展的时代，人与人之间的联系愈发紧密。作为老乡，我们应多些关心与支持，多些沟通与联系。尤其在彼此遇到困难与失意时，及时伸出温暖的手，拉对方一把。让我们把茅渡建设成一个休戚相关、荣辱与共、团结互助的大家庭。

水是家乡美，月是故乡明。茅渡这片土地养育了我们，我们对它有着特殊的感情。这里有我们的故土，有养育我们的爹娘。我们应更加关心家乡的发展，积极参与到乡村振兴的事业中。如今，茅渡乡党委班子在联乡领导、洪江市人大常委会副主任杨瞿洲的指导下，正以求真务实的精神、心系百姓的情怀和开拓创新的能力，描绘着乡村振兴的宏伟蓝图。他们依托各村现有优势，打造"秀美茅渡"，以"公司＋村集体＋基地＋农户"的模式，发展特色产业，实现百姓整体富裕。

虽然我们身在外地，见面的机会不多，但这份对故乡的眷恋从未改变。让我们珍惜这难得的相聚时光，见见面，叙叙旧，传递乡音乡情。眷恋桑梓、回报家乡，是我们内心共同的牵挂和心愿。在干好本职工作的同时，我们应时刻关注家乡的发展，为家乡的腾飞贡献自己的智慧和力量。

在这个春意盎然的日子里，我们相聚于此，不仅是为了叙旧，更是为了携手共进，为家乡的未来添砖加瓦。愿我们的乡情如这春日的暖阳，温暖而明媚；愿我们的家乡在我们的共同努力下，变得更加美好。

安江情深，桑梓梦长

月是故乡明，情是家乡浓。曾经，你们怀揣梦想，背井离乡，成为走南闯北的创业者；如今，你们功成名就，载誉归来，成为乡村振兴的弄潮儿。岁月流转，山乡巨变，但你们对家乡的眷恋从未改变，对桑梓的回报从未停歇。父老乡亲们看在眼里，感动在心间。

家乡的山水，见证了你们的奋斗与拼搏；家乡的热土，承载着你们的深情与眷恋。这些年来，无论你们身在何处，官居何职，始终坚守着艰苦朴素的本色，心系家乡，回报桑梓。你们的知恩图报，让家乡的父老铭记在心；你们的创业精神，让家乡的山水为之骄傲。

岁月不居，山乡巨变。在你们辛勤耕耘、奋力拼搏的这些年里，家乡也在悄然改变，焕发新颜。安江镇在洪江市委的坚强领导下，全面对接"五新四城"的战略部署，完成了新时代创新发展的使命任务，全力融入怀化市"三城一区"建设的大版图，奋力实现"两城三区、融合发展"的宏伟目标。近三年来，安江镇主要经济指标稳步增长，社会治安明显好转，老百姓的幸福指数节节攀高，综合实力始终保持在全市第一方阵。

如今的安江，已经变了模样。沪昆、怀邵衡高铁的入驻，让交

足堪式则的楹联文化

通更具优势；民众环保意识的增强，让环境更加美丽；宽敞规范的马路，明亮的灯光，完善的基础设施，免费的停车场，让城市更加宜居。防洪大堤实现了绿化、亮化，城市不再拥堵，"世界稻都"的招牌终于树立起来，稻源路晋级为网红打卡点，"慢慢游"得到治理，城市感陡然提升，颜值更有担当。

未来的安江，更有着一幅妖娆妩媚的发展蓝图。沅水五百吨级码头正式落户，河西高速出口进入国家审批阶段，安江二桥进入整体规划，国家农科园、国家级杂交水稻公园即将挂牌，高庙文化的保护与开发已经立项，安江成为怀化旅游发展的金三角，大沙坪工业园各项手续办妥，防洪堤沿河公路延伸至茅渡河，老安江纱厂的文创园规划就绪，大安桥至高铁站的道路即将开工，安江游客接待中心确定在大沙坪，五条新的城市道路即将开工……安江的发展，正按照怀化市委"五新四城"的战略思路稳步推进，犹如一艘巨轮，驶向新时代的发展深蓝。

乡友们，安江镇的发展规划正在稳步推进，蕴含着巨大的商机和无限的活力。我们诚挚期待您讲好安江故事，为家乡代言、点赞、增光。我们殷切期盼您投身乡村振兴热潮，支持乡村产业发展，助力乡村建设提质，参与乡村公益事业，引领乡村文明新风。您为乡村栽一棵树，可以带来一道风景；您为乡村点一盏灯，可以送来光明；您为家乡学校贡献一台电脑，可以为孩子们带来知识的海洋；您为乡村修一段路、一条渠，可以给乡亲们送来便利；您为乡村投资一个产业，可以带来致富的机遇。

亲爱的乡友，家乡的热土需要您的耕耘，家乡的建设需要您的参与，家乡的亲人需要您的呵护。无论走多远，无论在何处，家乡永远是您温暖的港湾。世界那么大，安江才是家！我们都在家乡等着您！

稻花香里说丰年：
华韵实验学校的劳动教育之歌

在洪江市的安江镇，有一所充满生机与活力的学校——华韵实验学校。这里不仅有朗朗读书声，更有稻花飘香的田野和充满泥土气息的劳动教育。学校积极响应党中央的号召，将劳动教育融入校园生活的每一个角落，让"劳动最光荣"的理念在学生心中生根发芽。

华韵实验学校坐落在安江镇的原黔阳师专旧址，与袁隆平先生曾经长期工作的安江农校隔垄相望。这片土地见证了无数学子的成长，也孕育了学校对劳动教育的深厚情怀。学校继承和发扬了重视劳技教育的光荣传统，培养学生自力更生、艰苦奋斗的精神，让他们在实践中感受劳动的艰辛与快乐。

学校保留了原黔阳师专的耕读园，辟为低年级学农实践用地；还在校外租赁了一百多亩稻田及耕地，作为农耕文化园，供初中生和高中生进行劳动实践。每年秋天，学校都会举办"农耕文化丰收节"，至今已连续举办了七届。丰收节不仅是劳动成果的展示，更是学生们体验劳动乐趣、传承农耕文化的盛会。

在华韵实验学校，劳动教育不仅有完善的硬件设施，更有专业的师资力量。学校从校外劳技教育基地聘请了经验丰富的指导老师，各班都配备有劳技辅导老师，负责对学生进行劳动观念的宣贯、劳动意识的培养和劳动技能的训练。每周一节的劳技课，按照课程规划，根据不同学段的特点，合理安排教学内容，从简单的家务劳动到复杂的农耕实践，从手工制作到科技创新，让学生在实践中提升劳动技能。

学校还特别注重劳动教育的评价与激励。每学期都会召开劳动教育表彰大会，对耐心负责的劳技辅导老师和热爱劳动、具有团队协作精神的学生进行表彰。这种正向的评价与激励，不仅增强了学生的劳动意识，也让他们在劳动中找到了成就感。

华韵实验学校的劳动教育，不仅局限于校园内，还延伸到了家庭和社区。学校鼓励学生将所学的劳动技能带回家，服务家庭，服务社会。通过家务劳动和社区服务，学生与家人的关系更加和美，与社会的关系更加融洽。这种延伸，得到了家长和社会的高度赞赏，也让劳动教育的意义更加深远。

在劳动教育的实践中，华韵实验学校不断总结经验，反思不足。未来，学校计划让学生参观研习酿酒工艺，了解粮食的发酵原理，激发学生学习化学、生物等相关知识的兴趣。学校将继续在充分利用校本劳动资源的基础上，拓展和丰富劳技课的内涵，开发更多深受学生喜爱的精品劳动课程。

华韵实验学校的劳动教育，如同稻花飘香，不仅滋养了学生的心灵，也丰富了他们的生活。在这里，劳动不再是简单的体力付出，而是一种精神的传承，一种品质的塑造。愿这所学校的劳动教育之歌，永远唱响在每一个学生的心中。

岁月芳华：从黔阳师专到华清高中的教育传奇

在湘西雪峰山的深处，有一片被岁月雕琢的土地，那里曾孕育出一段段动人的教育传奇。从黔阳师专到华清高中，这片土地见证了教育的涅槃重生，也承载了一代又一代人的梦想与希望。

20世纪50年代末，一群志存高远、德艺双馨的知识分子，响应国家教育兴邦的号召，来到洪江市安江城郊的清香坪。他们在雪峰山的怀抱中，在安江河的滋养下，点燃了湖南省高等教育的"星星之火"。黔阳师专，这颗璀璨的明珠，犹如一颗希望的种子，深深扎根于五溪大地。

建校之初，经费匮乏，但师生们凭借着满腔热忱，用双手书写了教育的奇迹。他们挖黄泥、制砖坯，开展劳动竞赛，甚至创下了一天制坯千余块的纪录。经过不懈努力，一座座红砖楼拔地而起，校园在师生的辛勤耕耘中逐渐成形。那镌刻在红砖楼上的"伟大的中国共产党万岁"标语以及毛主席的经典语录，仿佛在诉说着那个时代的信念与追求。

黔阳师专的师生们不仅用双手建起了校园，还在党支部的引领下，开辟了校内小农场。他们撸起袖子，开垦荒地，养殖家禽，让校园在自给自足中焕发出勃勃生机。那片土地，见证了他们的奋斗，也见证了教育的初心与使命。

岁月流转，黔阳师专经历了多次变迁。从1960年增设俄语专科，到"文革"期间的师资短训班，再到1978年恢复办学，学校在风雨中砥砺前行。每一次更名，每一次调整，都是教育探索的足迹，都是时代赋予的使命。直到2000年，黔阳师专整体并入怀化学院，它的使命似乎完成了，但它的精神却从未消逝。

2002年，这片曾经荒废的土地迎来了新的生机。我们在黔阳师专旧址创办了华韵实验学校和华清高级中学。我们继承了前辈筚路蓝缕的开创精神，用"自力更生、艰苦奋斗"的信念，续写了教育的新篇章。华清高中以新高考制度为指南，以管理树形象，以质量创名校，培养了一批又一批优秀学子。在首届高考中，升本率达到了42.98%，在全市众多高中中脱颖而出。学校的艺术团在湖南省第七届艺术展中荣获一等奖，体育、艺术、演讲比赛的奖杯更是数不胜数。

如今，华清高中正以"不忘初心、牢记使命"的信念，立足潮头，紧跟时代。他们传承着黔阳师专的精神，用"闯、创、干"的精气神，在教育的道路上继续前行。从黔阳师专到华清高中，这片土地，见证了从黔阳师专到华清高中的涅槃重生，见证了教育的传承与希望。

岁月如歌，岁月留香。无论时代如何变迁，教育的初心与使命永远不会改变。

古村新韵：茅渡乡的春日序章

在春日的暖阳下，洒溪古村宛如一幅泼墨山水，莺歌燕舞，日丽风和。古村的青石板路被岁月磨得光滑，两旁的古宅静静诉说着过往的故事。今天，这里迎来了属于她的高光时刻——洪江市茅渡乡首届

生机萌发的祖居春山图

文化旅游节。这不仅是春天的盛会，更是这片古老土地在新时代的崭新序章。

洒溪古村，一个有着八百年历史的古老村落，承载着厚重的底蕴与绵延的文脉。这里以杨姓为主，村民们世代传承"四知家风"，践行"耕读传家"的祖训。从古至今，洒溪儿女在这片土地上繁衍生息，用勤劳与智慧书写着生命的传奇。他们敢为人先，艰苦奋斗；精诚团结，行善蹈义。这不仅是洒溪杨姓的荣耀，更是这片土地的精神脊梁。

茅渡乡地处洪江市北面，群山环绕，绿水相依。这里曾是一个典型的贫困乡，但近年来，乡政府以市场经济为导向，依托紧邻怀化

富有诗书底蕴的楹联

通天石砌

市旅游金三角的区位优势，精心谋划，精准施策。从产业结构调整到生态环境保护，从思想文化教育到乡村公路建设，茅渡乡在变革中焕发出新的生机。如今，茅渡村的集镇规模初具雏形，关冲村的油茶飘香，定坡村的中药材茁壮成长，颜容村的罗汉果产业蓬勃发展，鸭池村的雷笋破土而出，中心村的灰天鹅振翅高飞，洒溪村的古村文化旅游更是吸引了四方游客。乡村公路四通八达，人居环境愈发美丽，文化活动丰富多彩，集体经济日益壮大，对老人关怀细致入微……一切都在悄然改变，一切都在向好发展。

在这片古老的土地上，乡贤们始终是家乡发展的中坚力量。他们虽身在异乡，却心系桑梓。无论是在北上广深的繁华都市，还是在家乡的田间地头，茅渡人都以敢闯敢拼的精神，在各行各业中崭露头角。他们深知，无论走得多远，根始终在茅渡乡，祖先的血脉在他们体内流淌，优秀的品质在他们骨子里传承。因此，他们用善行义举回馈家乡，用实际行动践行着对这片土地的热爱。

"善恶往来皆有报，阴阳行上总无差。"这句古语在茅渡乡的土地上得到了最好的诠释。积德行善，恩泽子孙，这是自然的法则，也是茅渡乡的乡贤们始终坚守的信念。他们慷慨解囊，修路架桥，扶贫助学，关爱老人，为家乡的发展添砖加瓦。他们的善举，如同涓涓细流，汇聚成海，滋养着这片土地，也温暖着每一个茅渡人的心。

如今，茅渡乡迎来了新的发展机遇。乡党委班子团结务实，人心归一，士气高昂，为乡村的发展奠定了坚实的基础。建设状元塔文化公园，打造文化旅游新地标，是茅渡乡在新时代的光荣使命。这不仅是政府的责任，更是每一个茅渡人的责任。我们赶上了好时机，更应勠力同心，攻坚克难，用智慧和汗水书写家乡的辉煌篇章。

茅渡乡，这片拥有厚重历史、清幽环境和丰富资源的土地，人杰地灵，英才辈出。每一个茅渡人都应自觉行动起来，为家乡的建设添砖加瓦。若干年后，当我们回首往事，可以自豪地说：我们无愧于这片土地，无愧于父老乡亲，无愧于子孙后代。我们相信，这份热情必将薪火相传，茅渡的未来必将更加美丽。

在这春日的盛会里，洒溪古村的每一寸土地都在诉说着希望与梦想。古村新韵，岁月悠长。茅渡乡，正以崭新的姿态，迎接属于自己的春天。

陆　春风化雨

　　想到学生三十年的发展、为孩子三十年谋划，我们的课堂不仅仅教给学生知识，更应点燃孩子的未来，让所有华清学生前进有目标、心中有信念、成才有机遇、做人有准则，是华清高中让人民满意的宗旨。

一所学校的崛起之路

　　在教育的广袤天地中，一所学校的崛起之路，宛如一条蜿蜒而上的小径，既承载着教师的成长与蜕变，也见证着教育理念的传承与创新。这所学校，从一所普通的中学逐步走向国内知名学府，背后的关键在于始终抓住了一个"牛鼻子"——一线教师的发展与成长。在这里，一支高水平的敬业教师队伍，成为学校崛起的中流砥柱。

导师制：传承与成长的桥梁

　　学校的崛起之路始于对青年教师的关怀与培养。导师制，这一传统的"传帮带"形式，在这里焕发出新的生机。每年教师节，新入职的青年教师都会拜一位经验丰富的老教师为师，一场庄重的拜师结对仪式，不仅是一份责任的传递，更是一份温暖的传承。

　　成为导师，须具备高级职称，经历过两轮学校的"大循环"，业务能力精湛，师德高尚，且在同事中拥有威信。这样的导师，是青年教师成长道路上的引路人。学校每学期都会评选优秀师徒，用量化的方式评价指导老师和被指导老师的成绩，既激励了青年教师的快速成长，也督促导师持续关注他们的进步。

此外，学校还定期举办青年教师基本功大赛，要求年青教师全部参加。听评课的方式，严格的打分规则，科学合理的奖项设置，让每一位参赛教师在竞争中磨砺，在实践中成长。这不仅是对教师能力的检验，更是对教育初心的坚守。

重教研：智慧与效率的碰撞

教育的深度在于教研的广度。这所学校通过集体备课和教研，不断提升课堂效率。每天10:30—11:10，是全校统一的教研时间。老师们分年级、分学科聚集在一起，一位主讲人率先分享即将授课的教学思路和方法，随后大家各抒己见，补充完善。集体备课结束后，老师们再根据教研内容进行二次备课，让教学内容更贴合自己的课堂和学生。

"一课一研"不仅是年轻教师的智囊团，更是他们的加油站。学校鼓励教师开展"课例"及"问题"研究，撰写论文，将课题研究与教学实践紧密结合，解决当下现实问题。校内教研刊物的编纂，为教师们提供了展示的平台，也让教研成果得以分享与传承。大型考试后的分析总结，中高考对比研究，更是让教师们在反思中提升，在实践中成长。

推课改：理念与行为的蜕变

课改，是这所学校崛起的"发动机"。通过课改项目，教师们在理念和教学行为上不断转变。课改中遇到的问题，成为教师成长的契机。学校将问题作为研究对象，鼓励教师们在实践中探索，在探索中

校园一角

成长。课改不仅促进了教师协作，更通过协作提升了教师团队的整体水平。

以课改为契机，学校锻炼了一批又一批优秀教师，成就了众多名师，也破除了职业倦怠。在这里，教师们以开放的心态迎接变革，以创新的思维探索教育的未来。课改之路，虽充满挑战，但每一步都坚实而有力。

常磨课：专业成长的磨砺

磨课，是教师专业化成长的重要途径。以教研组为单位，依据学情和课标，研究教材，反复打磨，互动研讨，改进行为，解决问题，共享经验，最终形成"好课"的教学方案。这是一场关于教学智慧的深度碰撞，也是一次关于教育初心的深刻回归。

与传统教研活动中的听评课不同，磨课聚焦课堂教学中真实而具体的关键问题。通过专项观察、分析、诊断，教师们对某一节课进行多轮持续的观课探讨、教学反思和行为改进，优化课堂教学过程。在这里，教师们民主、平等地发表意见，共同就真实问题提出看法和建议，让每一堂课都成为精品。

磨课，不仅是对教师教学能力的磨砺，更是对教育理念的升华。每一次磨课，都是一次对教育本质的追问，每一次改进，都是一次对教育初心的坚守。

抓命题：学科素养的提升

命题，是教师学科素养的体现。这所学校强调，试题不能简单从教辅资料中复制粘贴，而应是老师们经过改编、原创或精心挑选的"精品题"。正所谓"老师下题海，学生出题海"，老师们通过大量做题，为学生筛选出最有价值的题目，让学生的每一次练习都充满意义。

为提升教师命题水平，学校采用"请进来、走出去"的策略。邀请高校学科专家和命题专家，以自上而下的视角看待高考，帮助教师拓宽视野，提升站位。开展评卷活动，让教师从核心素养的角度审视考题，进而在教学和命题中加以倾斜，不断提升学科素养。

命题之路，是教师专业成长的必经之路。在这里，教师们以严谨的态度对待每一道题目，以科学的方法提升命题水平，用智慧和汗水为学生铺就通往成功的道路。

这所学校，以其对教师成长的重视，对教育理念的坚守，对教学实践的创新，走出了一条独具特色的崛起之路。在这里，教师们用智慧点亮课堂，用爱心温暖学生，用责任书写教育的辉煌。这是一所学校的崛起之路，更是一群教育者对教育初心的坚守与传承。

春满振华：岁月里的温暖与希望

　　沅水悠悠，雪峰青青。在这片古老而充满生机的土地上，有一所学校，从无到有，从弱到强，书写着属于自己的传奇。1997年8月8日，洪江市第一所社办职业中专学校——洪江市黔城旅游中专学校（洪江市振华学校的前身）在黔城古城悄然诞生。彼时，开学典礼上仅有七十六名学生和几位教职员工，谁又能想到，这颗微小的种子，会在岁月的滋养下，成长为参天大树呢？

　　振华学校的发展之路，离不开洪江市委、市政府的关怀与支持。在岁月的长河中，市委、市政府领导的身影，如同温暖的阳光，照亮了振华前行的道路。2002年5月12日，市委、市政府的领导来到振华学校（黔城校区），现场办公解决校园建设问题。他们亲自到市治新区实地考察，为振华学校划拨了218亩土地，用于修建振华高等学院。那一刻，振华学校仿佛看到了未来的希望，而市委、市政府的关怀，也如同春风化雨，滋润着这片教育的热土。

　　在振华学校的发展历程中，市委、市政府领导的关心无处不在。2002年至2004年，市委、市政府领导数十次来到振华学校，了解办学情况，现场办公解决实际问题。从校园建设到部门协调，从招生到内部管理，领导们的每一次到访，都为学校的发展注入了新的动力。

振华学校的学生，也是市委、市政府领导心中的牵挂。市委书记刘克立、市长丁友平以及其他领导多次组织专人前往深圳，了解学生的就业情况，与厂方洽谈，为学生拓宽就业渠道。他们亲自与就业学生座谈，鼓励他们好好工作，为家乡的发展贡献力量。那一刻，学生们感受到了家乡领导的温暖，也感受到了振华学校背后强大的力量。

市委、市政府领导对振华学校的管理与对青少年的思想政治教育同样重视。从军训动员大会到各种大型活动，市委副书记周基友、原副市长朱振声等领导都亲自参加，为学校的发展指明方向。他们对专业设置、课程开设、校园建设、师资培养等各个方面都给予了细致指导，尤其是对安全问题的强调，让振华学校深知责任重大。

岁月流转，振华学校在市委、市政府的关怀下，收获了累累硕果。2003年，振华学校被评为怀化市"十大文明学校"之一，这不仅是对学校的肯定，更是市委、市政府关心支持的结果。市委宣传部、市委组织部、市教育局等各级部门，都为振华学校的发展倾注了大量心血。他们为学校的师资队伍建设、教育教学、法治宣传等方面提供了重要指导，也为学校的党建工作、招生宣传、就业服务等各项工作提供了大力支持。

2004年，在市委、市政府的倡导下，振华学校成功开办了洪江市第一期"希望班"。开学典礼上，市委、市政府领导亲自出席，为贫困学生送去关爱与希望。那一刻，振华学校不仅是一所学校，更是一个充满温暖与希望的家园。

如今，振华学校已拥有4000余名学生和200多名教职员工，成为洪江市教育领域的一颗璀璨明珠。回首往昔，市委、市政府领导的关怀与支持，如同春天的暖阳，温暖了振华学校的每一个角落。展望未来，振华学校将不负领导的期望，继续为洪江市教育事业贡献自己的力量。

在这片充满希望的土地上，振华学校的故事还在继续。而市委、市政府领导的关怀，如同永恒的春天，让振华学校在岁月的长河中，永远绽放着属于自己的光芒。

华清花开：教育的奇迹与温暖

　　在洪江市的教育版图上，华清高中宛如一颗璀璨的新星，以其独特的教育理念和卓越的办学成果，书写着民办教育的奇迹。2020年高考，华清高中交出了一份令人瞩目的答卷：重本上线率达53%，一本上线率达67%，二本上线率达80%。这份成绩，不仅是怀化市民办教育四十多年来的奇迹，更是华清人用智慧和汗水浇灌出的花朵。

　　华清高中的成功，源于对教育本质的深刻理解和不懈探索。在这里，"因材施教"并非一句空洞的口号，而是实实在在的行动。学校招录的学生大多是重点高中和普通高中招录后剩下成绩偏低的孩子，但他们在这里找到了属于自己的成长之路。学校通过"把脉问诊"，为每个学生量身定制"学习提升规划""职业素养规划"和"高考升学规划"。英语成绩差的学生可以改学日语，有专业特长的学生则通过"文化＋专业"模式进行培养，而成绩较好的学生则通过"文理分灶"方式扬长避短。这种个性化的教育模式，让每一个孩子都能在适合自己的道路上奔跑。

　　"先查病，后治疗，再进补"是华清高中的教育理念。它如同一位高明的医者，精准地为学生"对症下药"。周至缘，一个初中毕业考试只有200分的孩子，在华清高中一年后便获得了6000元的二等奖学金，高二学考九科全部达到A等。这样的奇迹，在华清高中并非个例。学校通过"三个学案"——"预学案""导学案""固学案"，确保学生"今日事今日毕"。课堂上，教师讲授三十分钟后，学生通过"课堂卷"检测学习效果；自习课上，学生完成"消化卷"巩固知识；最后通过"过关卷"确保知识掌握。这种"练必批、练必评、练必析"的模式，让学习不再是被动接受，而是主动探索。

华清高中的教育智慧，还体现在对教学质量提升的不懈追求。在后发展地区，信息差、师资弱是制约教学质量提升的瓶颈，但华清高中却找到了突破的捷径。学校要求教师利用寒暑假分析近八年全国高考题，总结归纳高考考点，将知识点与高考题一一对应。教师每周做一张高考试卷，学校定期组织"高考"，成绩与人才津贴挂钩。这种激励机制，不仅提升了教师的专业能力，更为学生树立了榜样。

在华清高中，关爱学生从来不是一句空话。学校领导和教师从不在公开场合批评学生，而是通过启发式、开导式、谈心式的批评，让学生在温暖中成长。高二学生曾讲述过这样一件事：四名学生因在寝室打牌被发现，班主任没有批评他们，而是站在雨中淋雨，惩罚自己，认为是自己没有教育好学生；教务处主任知道后，也加入淋雨的行列，认为是自己没有管理好班主任队伍。从此，学校再也没有学生违反校规。这种以身作则的教育方式，让学生们深受触动。

华清高中还通过"阅读存折制"，培养学生的阅读习惯。每天安排多个时段进行课外阅读，每月人均阅读量达80万字。这种海量阅读，不仅提升了学生的学业成绩，更为他们未来的人生打开了一扇窗。

华清之路：新高考下的教育探索

在教育的长河中，高考改革如同一场汹涌的浪潮，冲击着每一位家长、学生和教师的心。当2021年全国新高考的帷幕缓缓落下，无数家庭在忐忑中等待着未来的方向。然而，洪江市华清高中却在这场变革中，以独特的智慧和勇气，找到了一条通往成功的路径，为那些曾经迷茫的孩子点亮了希望的灯塔。

华清高中是一所民办实验学校，它的学生大多是重点高中和普通高中录取后成绩偏低的孩子。这些孩子带着对未来的不确定，踏入了华清的校园。然而，华清人并没有因此而退缩，反而以"因材施教"的理念，为每个孩子量身定制了成长的路线图。

学校通过入学考试为学生"把脉问诊"，发放个性化的表格，让学生填写自己的优点、长处、兴趣学科和成绩最好的科目。教师与家长反复沟通，为每个孩子制定"学习提升规划""职业素养规划"和"高考提升规划"。这种个性化的教育模式，让每个孩子都能在适合自己的道路上奔跑。同时，学校根据新高考政策，从高一开始便为学生选定"六科"作为高考方向，打破高二再选科的惯例，为学生争取更多的时间和机会。这种"六科定向"的策略，让原本成绩平平的孩

2024 年元旦年俗活动

子，在选考科目中找到了自己的优势，从而在高考中脱颖而出。

华清高中深知，教育不仅是"补差"，更是"扬长"。学校摒弃了传统的"补差"模式，转而实施"扬长"教育。教师们为每个学生制定"三案一卷"，即"预学案""导学案""固学案"和课堂练习卷。通过"对案预学"，学生带着疑问进入课堂，课堂效率大大提高。同时，学校实行严格的过关制度，倡导"今日事今日毕"，确保学生每天、每周、每月的学习任务都能按时完成。对于外语成绩较差的学生，学校鼓励他们选修日语，因为日语与汉语语法结构相近，更易理解和掌握。这种"文化＋专业"的培养模式，让许多原本成绩不佳的学生，在艺术、体育等专业领域找到了自己的天地。

华清高中的管理者们善于动脑筋，勇于打破常规。他们采用"连堂排课"，每门课连续排两节，让学生在学习新知识后立即进行巩固，效果显著。教师们通过集体研讨备课，形成一套完整的精品课教案，再根据学生实际情况进行个性化调整。此外，学校还集中研究超强记忆方法，通过联想记忆法、拓展记忆法等，帮助学生提高学习效率。

在华清高中，教育不仅是知识的传授，更是品德的培养。学校创办了校园杂志《华清教育》，发表学生的习作，激发他们的写作兴趣，同时也宣传了学校的正能量。每年的农耕文化节，让学生在劳动中感受"粒粒皆辛苦"的内涵，培养他们的实践能力和感恩之心。学校还邀请家长参与学校管理，让家长与教师共同为孩子的成长保驾护航。

华清高中的办学宗旨是"想到学生三十年发展，为学生今后三十年谋划"。在这里，每个孩子都能找到属于自己的方向，每个孩子都能在爱与温暖中成长。"雄关漫道真如铁，而今迈步从头越。"华清人正朝着怀化一流民办学校的目标奋进，用智慧和汗水书写着教育的新篇章。

湘楚烛光：教育路上的坚守与探索

在雪峰山的清辉之下，沅水的波涛之中，洪江市的校园里，有一群默默耕耘的教育者，他们以"立德树人"为旗帜，用智慧和汗水书写着教育的华章。这里，是梦想起航的地方，也是希望生根的土壤。

过去几年，这所学校的初三毕业班在全市中考中连续三年夺冠，初二年级的生物、地理会考也屡获佳绩。在这背后，是全体教职工对教育事业的执着追求和对学生的深情付出。

教师，被誉为人类灵魂的工程师，是教育事业的基石。学校深知，教师的道德品行和专业能力，直接关系到学生的成长和未来。因此，从新教师入职的"道德讲堂"，到定期开展的职业道德教育，从"明师分享"到"自查自纠"，学校用一场场精心设计的培训，让教师们在潜移默化中树立起对教育事业的敬畏之心。在这里，师德不仅是口号，更是每一位教师内心的坚守。

专业能力的提升，是教师成长的必经之路。学校通过严格的评估体系，激励教师们不断精进教学技艺。从学历、授课水平到抗压能力，从学生认可度到家长满意度，每一项指标都是对教师能力的全方位考量。而对于初三年级的教师，学校更是不定期进行中考真题测试，确保他们在关键时刻能为学生保驾护航。

教师的职业生涯规划，也是学校关注的重点。学校通过培训，帮助教师明确自身优势与不足，引导他们制定科学合理的学期工作计划。在这里，每一位教师都能找到适合自己的发展方向，无论是担任班主任、从事教研教改，还是活动策划，都能各尽其才，各展其长。

在教学实践中，学校始终强调"备课"的重要性。教师不仅要备教材、备学生，更要备习题。从了解学生的薄弱环节，到精心设计课堂的每一个环节，再到布置作业时的"量体裁衣"，每一处细节都体现了教师对教育的用心。在这里，每一堂课都是教师智慧的结晶，每一次作业都是学生成长的阶梯。

"日日清"的过关制度，是学校教学的一大特色。当天的知识当天过关，不拖沓、不敷衍，这种严谨的教学态度，让学生养成了"今日事今日毕"的好习惯。从语文的字词、英语的单词，到数理化的公式，每一个知识点都在学生的努力下牢牢扎根。这种扎实的基础，为学生未来的成长打下了坚实的基础。

初三复习阶段，学校更是全力以赴。从营造毕业班的紧迫感，到教师制定学科标准度，从明确数学、外语的任务量，到组织学生进行心理辅导，每一个环节都精心设计，只为让学生在中考中发挥出最佳水平。在这里，教师们用行动诠释着教育的使命，用汗水浇灌着学生的未来。

班级挑战赛，是学校激发师生斗志的一大创举。在友谊第一、谦虚和善的前提下，班级间展开擂台挑战，让学生明白，挑战不仅是为自己而战，更是为班集体而战。这种"力争上游"的氛围，让学生在互相学习中成长，在团结协作中进步。教师间的挑战，更是以友善谦虚为准则，激励教师们不断学习，提升自我。

学校还特别注重培优辅差，通过导学案、错题集、个别辅导等多种方式，帮助学生巩固知识，提升能力。对于弱势学科，教师们用创新的方法，如编口诀、结对子等，让学生在轻松愉快的氛围中掌握知识。在这里，每一个学生都能感受到教师的关爱，每一个孩子都有机会实现自己的梦想。

在这里，教育不仅是知识的传授，更是品德的培养；不仅是成绩的提升，更是生命的成长。湘楚大地，烛光照亮了教育的征程；春风化雨，滋润了每一个孩子的心田。

晨光里的早读课：教育的诗意与智慧

　　清晨，当第一缕阳光洒入校园，华清高级中学的校园里便响起了琅琅的读书声。这是属于语文和英语的早读时光，是知识的晨曦，是梦想的序章。在这里，早读不再是一场简单的诵读，而是一场精心设计的教育旅程，一场师生共同参与的诗意盛会。

　　从最初的早读1.0版到如今的2.0版，华清高中的早读课在岁月的沉淀中不断升级，凝聚着师生们的心血与智慧。早读1.0版，细节明确，操作性强。语文老师、英语老师每天清晨都会为学生设定清晰的早读目标，从《念奴娇·赤壁怀古》到《永遇乐·京口北固亭怀古》，诵读内容层次分明，目标明确。学生们可以根据自己的记忆特点自由选择诵读方式：大声读、小声读、默读，坐着读、站着读，室内读、室外读……形式多样，自由发挥，让早读成为一场充满个性的探索。

　　检测环节更是严谨到位。每节早读课的最后十分钟，是检测早读效果的时刻。自测、互测、抽测……课代表挨个登记，确保每一位学生都能跟上进度。对于那些暂时落后的学生，教师会利用课余时间"补火回炉"，绝不让任何一个孩子掉队。早读课上，优等生不再陪读，教师将更多精力放在成绩稍差的学生身上，督促他们养成自律的习惯，启动个人早读目标。而对于学困生，教师会给予特殊关照，帮助他们先学会读汉字、单词，再回到座位上背诵、记忆。这种因材施教的方式，让每一个孩子都能在早读中找到自己的节奏。

在此实践的基础上，早读课升级为2.0版，带来了诸多新变化。首先是声音与动作的规范。激情经典诵读要求学生立正站直，挺胸抬头，规范拿好晨读材料，全班动作整齐划一，声音洪亮，富有激情。这种规范不仅提升了早读的仪式感，也让学生在诵读中感受到一种力量。接着是内容的深化与进度的调整。英语早读不仅要求学生背诵课本内容，还要背诵笔记上的要点，这对教师的授课提出了更高要求——课堂必须精练，避免与课本重复。

早读2.0版还强调背默结合，要求学生有早读背默本，对背默不过关的学生采取补救措施，对连续三天过关的学生实施激励机制。早读课上，教师们还会设计观摩研讨环节，展示公开课、创新课，让早读课像正课一样充满高度与效果。立体早读的出现，让早读课变得更加丰富。从早读目标到背诵方法建议，从指导到推荐，再到考核累积评价，早读课上不仅有知识的传递，还有励志名言的激励。学生在早读课上，仿佛参加了一场饕餮盛宴，充满期待。

早读板书的设计也是一大亮点。教师们精心设计早读板书，教务处进行公正评比，这一细节不仅考验教师的水平，也让早读课更具艺术感。为了激发学生的积极性，学校还设计了早读背默本，严格规范奖惩机制。班级张贴栏上，早读背诵、默写日、周月过关公示表一目了然，既丰富了班级文化，也让学生对自己的早读进度心中有数。

早读课的成功，离不开对"三对关系""三个忌讳""三个应该"

的辩证思考。早读内容与正课学习相互关联，有感情地朗读与背诵、记忆相得益彰，共读内容与学生自选内容相互补充。早读课忌讳变成教师讲课、班级事务处理课，忌讳目标要求一刀切。早读课应该让学生有个好心情，捎带进行生理晨检，让学生思考每日计划。

在华清高级中学，早读课是一场诗意与智慧的结合。它不仅是知识的传递，更是心灵的启迪。在这里，每一个清晨都充满了希望，每一次诵读都充满了力量。早读课，如同晨光里的露珠，滋润着学生的心田，为他们的未来播下希望的种子。

预习：学习的序章

在知识的海洋中，预习宛如一盏明灯，照亮了学习的序章。它不仅是一种学习习惯，更是一种智慧的体现。儒家典籍《中庸》有云："凡事豫则立，不豫则废。"这句古老的智慧，同样适用于学习的旅程。预习，是学生主动探索知识的第一步，是课堂学习的基石，也是成就学业的关键。

预习，是学生与知识的初次邂逅。它要求学生在课堂之前，主动翻开书本，与即将学习的内容对话。这不仅是对旧知识的复习与巩固，更是对新知识的初步感知。通过预习，学生能够发现新教材中的疑难点，为课堂上的学习做好准备。《现代汉语词典》中对"预习"的解释是："学生预先自学将要听讲的功课。"这一定义，清晰地指出了预习的主动性——它是学生自主探索的过程，而非被动接受的结果。

然而，在日常学习中，许多同学对预习的重要性认识不足。尤其是刚步入高中的学生，他们常常认为，既然老师会在课堂上讲解，那么课前预习似乎并无必要。甚至有人觉得预习是浪费时间。这种观念，无疑是短视的。预习不仅能帮助学生在课堂上更加主动思考问题，还能提高学习效率，增强自信心。它让学生在课堂上"心中有数"，使课堂记录更有重点，也让学生对老师的启发性问题反应更加敏捷。

预习，是一种需要培养的习惯。几乎每一个优秀的学生，都拥有良好的预习习惯。预习不仅仅是提前翻阅课本，更是一种对知识的深度探索。它让学生在课堂上更有针对性，能够聚精会神地聆听老师的讲解，因为那些内容他们已经提前了解。预习还赋予学生一种心理上的优势，这种优势会转化为信心，帮助他们在学业上超越他人。

要养成良好的预习习惯，需要关注几个关键细节：

首先，预习需要充足的时间。高中生的预习，不应仅在课间进行，而应在课前一至三天就开始。预习的目的是理清知识体系，初步掌握知识内容，并将其与其他知识联系起来，形成完整的体系。因此，预习需要细致入微，不能敷衍了事。

其次，预习需要正确的方法。预习的三个环节——读、画、思，缺一不可。认真阅读教材，把不懂的地方画出来，思考知识的要点和结构。预习不仅是眼睛的浏览，更是心灵的思考。预习时，要边看、边做、边思考，做到眼到、手到、心到。预习的科目要有轻重缓急之分，重点预习那些学习吃力的学科，而对其他学科则可适当简化。预习应在完成当天作业后进行，并可设计预习表，记录预习情况。

再次，预习需要循序渐进。优秀的学生通常会在新课前一至三天的晚上，将新课程全部预习一遍。知识是环环相扣的，预习好前面的知识，就为后续学习打下坚实的基础。预习时，要仔细阅读书本内容，包括插图、标题、注脚等，找出重点和难点，独立思考问题。遇到不懂的地方，用铅笔标记，提醒自己在课堂上注意听讲。预习时的思考是最重要的环节，只有通过思考，才能真正理解知识。最后，预习需要因学科而异。文科预习要注重理解问题的实质，如语文、历史、政治等学科，要通过阅读了解文章的内容和观点；英语则需要标记生词、理解课文、听录音并朗读。理科预习则要积极主动，提前了解内容，通读课本，标记重点，列出知识结构图，推理概念和公式。

预习的效果如何？关键在于是否对知识体系有了大体了解，是否能初步应用知识，是否能完成相应练习。如果达不到这些效果，就需要调整预习方法。

预习，是学习的序章，是知识探索的起点。它不仅能帮助学生在课堂上更加主动，还能培养他们的自主学习能力。通过预习，学生可以养成良好的学习习惯，掌握知识的精髓，甚至成为知识的传承者。愿每一位同学都能重视预习，让学习之路更加顺畅，让知识之花在心中绽放。

华清高中：教育的诗与远方

　　在怀化市的教育版图中，华清高级中学宛如一颗璀璨的明珠，散发着独特的光芒。它在洪江市委、市政府的引领下，在市教育局的悉心指导下，全体师生凝心聚力，用汗水与奋进书写了人民满意的教育答卷。

　　华清高中的校园里，党建工作的旗帜高高飘扬。全体党员教师"不忘初心、牢记使命"，通过政治学习，不断增强"四个意识"，坚定"四个自信"，做到"两个维护"。学校党支部带领全体师生深入学习贯彻党的二十大精神，创新学习形式，凸显学习成效。从收看党的二十大开幕盛况，到部署宣讲系列活动，从提高思想认识到鼓舞办好教育的干劲，华清高中在党建引领下，走出了一条"新融合"之路。

　　在这里，教育不仅仅是知识的传授，更是灵魂的塑造。学校团委坚持以习近平新时代中国特色社会主义思想为指导，以立德树人为根本目标，开展了系列思想引领活动。从清明节的革命传统教育，到五四表彰暨新进团员宣誓仪式，从端午、中秋、重阳的诗文朗诵，到"喜迎二十大，永远跟党走，奋进新征程"的主题活动，华清高中的学子们在活动中汲取精神力量，爱国情感和理想信念得到进一步提升

校门

与夯实。

　　华清高中的教育成果，是全体师生共同努力的结晶。尽管生源基础薄弱，但学校通过全体老师的辛勤付出和全体学生的不懈努力，在高考中取得了令人瞩目的成绩。本科升学率达到55.06%，在怀化市公办、民办高中中排名前列。陈瑞婷、李星漪、米佳文等同学分别考入中国美术学院、福州大学、辽宁大学等知名高校，实现了人生的突破。

　　教师队伍的建设，是华清高中发展的关键。学校通过"教师青蓝工程"、教学比武、集体备课、业务培训等活动，促进了教师队伍的可持续发展。在怀化市高中教师解题大赛中，华清高中的教师们屡获殊荣，展现了强劲的师资力量。学校还创新教师发展机制，通过专家引领、名师带动等精品活动，提高教师素养，建设一支政治过硬、业务精湛的新时代高素质教师队伍。

德育工作是华清高中的另一大亮点。学校以"务实、精细、创新、实践"为原则，形成了"四化"工作机制，即德育管理精细化、德育实施课程化、德育评价可量化、德育体验生活化。从每天的"晨训宣誓""激情跑操"，到每周的"聆听升旗讲话""收看时政新闻"，从每月的德育主题，到传统节日的文化教育，华清高中的德育工作全方位、多层次地展开，培养了学生的良好习惯和高尚品德。

华清高中的校园文化丰富多彩。学校精心设计并制作了文化设施，如教室文化、办公室文化、走廊文化、楼道文化等。从班级的班徽、班歌、班标、班训，到课桌上的"自我激励卡"，从校园文化长廊的党史文化、红色文化、校史文化，到清廉文化的全方位渗透，华清高中用文化的力量育人，营造了一个充满书香气息和人文关怀的校园环境。

在教育教学方面，华清高中扎实开展新课标、新教材、新高考研究，重视教学常规检查，落实集体备课、教案编写、学校公开课等常规教学活动。学校的"四清"工作——堂清、日清、周清、月清，确保了学生知识体系的形成。日语教学的特色开展，为英语偏科的学生开辟了新的道路。精准研判新高考，高效落实走班制，华清高中在新时代的教育改革中走在前列。

艺体教育是华清高中的另一张名片。学校通过开展形式多样的"艺体"特长课，激发了学生的潜能，促进了学生的全面发展。在各类比赛中，华清学子屡获佳绩，艺体专业高考成绩屡创新高。学校的体育节、迎新晚会、美术作品展等活动，展示了学生的优良素质，深受学生喜爱。

校园安全是华清高中的重要保障。学校持续推进校园安全硬件建设，实现数字化网络监控全覆盖、无死角、高清晰。学校还落实安全教育制度，增强学生安全意识和自护自救能力，建立校园安全网格化管理机制，确保校园和谐稳定。

清廉教育是华清高中的特色之一。学校打造了百米廉洁长廊，安装宣传资料，设立清廉书架、清廉食堂、清廉办公室等，全方位营造清廉文化氛围。学校还开展了一系列清廉文化主题活动，如"培根铸魂育新人，皓月当空共团圆"庆中秋感师恩活动、"稻花香里说清廉，丰收节上品廉味"铭记农耕文化活动等，让清廉文化的种子在校园落地生根。

华清高中的校园建设也在不断升级。学校投入近500万元，对教育教学设施进行全面升级，校园面貌焕然一新。学校的官网、公众号、视频号、抖音号等全方位推介，努力讲好华清故事，持续扩大学校影响。

华清高中，这所充满活力与希望的学校，正以办好人民满意的教育为目标，全面贯彻党的教育方针，守正创新，勇毅前行。站在"两个一百年"奋斗目标的历史交会点上，全体华清人将继续肩负立德树人的神圣使命，为打造洪江市教育新高地而努力奋斗。

晨读：教育的晨曦与希望

在教育的田野里，晨读宛如初升的朝阳，照亮着学子们求知的道路。古人云："一年之计在于春，一日之计在于晨。"这句智慧的箴言，不仅适用于规划生活，更适用于教育的实践。晨读，作为教育的"黄金时段"，承载着培养学生学风、教风和校风的重任。然而，要让晨读真正发挥其应有的价值，就必须深入挖掘那些隐藏在日常教学中的阻碍因素，并加以改进。

在华清高中的校园里，晨读的钟声每天准时敲响。然而，我们发现，少数班级的晨读效果并不理想。一些班主任兼课教师，常常利用晨读时间处理班级事务，无形中浪费了学生宝贵的学习时间。科学研究表明，早晨是学生记忆和背诵的最佳时段，如果这一时段被随意占用，无疑是教学的遗憾。因此，我们必须明确教育与教学的界限，将晨读时间真正用于学习。

晨读的目标，也常常因循守旧，缺乏活力。一些班级的晨读内容，数周甚至数月不变，学生在反复诵读中逐渐失去了兴趣。教师们需要制定清晰、具体且富有挑战性的晨读目标，让学生的每一次晨读都有所收获。高一、高二的备课组长应在学期初就规划好晨读背诵的进度，而高三的教研组长则需根据高考要求，合理安排背诵内容。

在晨读的评判标准上，我们常常过于苛求学生的表现。整齐划一的朗读固然令人振奋，但学生的个体差异不容忽视。教师应根据学生的状态灵活调整晨读方式，如适时调整为轻声朗读或默读。这种人性化的管理，不仅能提高学生的学习效率，还能激发他们的学习兴趣。

对于优秀学生，我们往往忽视了他们的学习需求。他们在完成晨读任务后，常常无所事事。教师应为这些学生提供更多的学习资源，如经典名著、优秀作文、领导人金句等，让他们在晨读中不断提升自己的文化底蕴。这样的"培优"措施，不仅能帮助他们在高考中取得优异成绩，更能培养他们的人文素养。

学困生在晨读中往往感到力不从心。他们可能因为性格内向或学习基础薄弱，在全班朗读时显得手足无措。教师应给予他们更多的关注和鼓励，如通过课代表或教师自己为他们领读，逐步提高他们的学习信心。《中庸》云："人一能之，己十之；人十能之，己百之。"这种鼓励和耐心，不仅能改善师生关系，还能在学困生心中播下学习的种子。

晨读的默写环节，是检测学生学习效果的重要手段。然而，我们发现，许多学生虽然能够背诵，但在默写时却屡屡出错。这反映了我们在教学中对学生书写能力的忽视。教师应在晨读中增加默写环节，让学生通过书写巩固记忆。同时，教师应关注那些默写困难的学生，为他们提供更多的练习机会。

跟踪反馈是晨读管理中不可或缺的环节。教师应通过课代表和小组长，及时了解学生的背诵和默写情况。对于那些学习困难的学生，教师应给予更多关注和支持，帮助他们逐步克服困难。

最后，晨读的目标表格应清晰明确，让学生对每天、每周、每月的学习任务一目了然。教师应制定科学合理的背诵进度表，并通过激励措施，激发学生的学习积极性。这种系统化的管理，不仅能提高学生的成绩，还能培养他们的自律能力。

晨读，是教育的晨曦，是希望的曙光。只要我们用心去规划、去管理、去激励，晨读必将成为学生学习生涯中最美好的时光。愿每一位教育者都能在晨读的道路上，与学生共同前行，共同成长。